바닥난 영혼

DRAINED

바닥난 영혼

잃어버린 평화를 찾아가는 **열여섯 가지** 이야기

요한 크리스토프 아놀드 지음 | 원충연 옮김

공허하게 질주하기를 거부하는 사람들에게

감사의 글

이 책은 사람들이 실제 겪은 이야기를 바탕으로 썼다. 자신들의 경험과 편지를 사용할 수 있도록 도와준 많은 분들에게 감사의 마음을 전한다. 그분들의 신뢰가 이 책을 만들었다. 플라우 출판사 직원들과 오아시스 미디어 사람들, 크리스 볼과 폴 핸스포드 모두에게 감사한다.

나에게 끊임없이 용기를 주고 지지해 준 아내 버레나에게도 고마움을 전한다.

평화로운 삶으로 가는 여정

오직 당신 자신과 평화를 이룰 때만이 세상과 평화를 이룰 수 있다. 랍비 심차 부님

이 책을 쓰고 있던 어느 날이었다. 나는 한 여인이 의자에 웅크리고 앉아 호수 건너 눈부신 석양을 바라보고 있는 광고를 보고 있었다. 거기에는 이렇게 쓰여 있었다. "꿈 같은 직업. 아름다운 아이들. 최고의 결혼. 그러나 공허한듯 불안한 느낌." 얼마나 많은 사람들이 이와 똑같은 걱정을 하고 있을까?

우리는 열심히 일하고, 열심히 놀고, 열심히 사랑한다. 주식 시장이 급등했다가 추락하고, 생명공학이 생명의 경계를 다시 정의하고, 패션 디자이너들이 복장의 기호를 불러주는 거센 바다의 한 가운데에서 우리는 작고 안전한 섬에 자신을 고립시키려고 한다. 하지만 어떻게 된 일인지 물결은 계속 높

아져 가고 …… 어떤 때는 너무 피곤하고 소진되어서 신경도 쓸 수 없게 된다. 그러면 눈을 감아버리고 '이제 이런 감정은 곧 사라져버리겠지'라고 생각하고 싶어진다.

물론 일은 절대 그렇게 되지 않는다.

당신이 인정하든 안하든 우리 모두는 끊임없이 행복한 삶을 찾고 있다. 조화, 기쁨, 정의 그리고 평화같이 난해한 이상들이 매일 실현되는 곳을 찾고 있다. 몬티 파이튼(Monty Python 1969년 영국 BBC에서 처음 방영된 인기 코미디 텔레비전 쇼 프로그램. 1971년부터는 여러 편의 영화로 제작되어 큰 인기를 받았음. - 옮긴이)에 나오는 것처럼 우리는 '완전히 다른 그 무엇'을 찾고 있다. 우리 모두는 한번쯤 슬픔과 고통이 존재하지 않는 삶을 꿈꿔본 적이 있을 것이다. 동시에 폭력이 지구 어느 곳이든 공공의 삶에 영향을 미친다는 사실을 부인할 사람은 아무도 없다. 이라크, 북아일랜드, 동티모르와 보스니아 같은 분쟁 지역에서, 우리들의 몰락해가는 도시에서도 폭력은 벌어지고 있다. 개인의 삶도 마찬가지다. 복잡한 도시에서 벗어나 아무리 '평화스러운' 교외라 해도 기업, 학교, 공동체를 분열시키는 폭력, 퇴폐적인 중독 그리고 파괴적인 긴장이 불러오는 갈등이 있다.

폭력은 우리의 계몽된 사회의 가장 존경 받는 겉모습 뒤에

도사리고 있다. 그곳에서 탐욕, 사기, 그리고 불의의 원동기가 거대한 재정적, 문화적 제도들을 움직이고 있다. 그곳에 가장 건강한 결혼 관계까지도 잠식할 수 있는 부정이 도사리고 있다. 또한 우리의 영성적인 삶을 죽이고 아주 헌신적인 신앙이 갖는 신뢰까지도 도둑질해버리는 위선이 숨어 있다.

어떤 이는 삶의 양식을 바꿔서 성취감을 느끼고 평화를 얻어 보려고 한다. 직업을 바꾸고, 도시에서 교외로 또는 교외에서 좀더 시골로 이사를 하고, 집안에 있는 물건을 줄이고, 삶을 단순하게 하거나 아니면 삶의 질을 높이려고 한다. 하지만 그때마다 그들이 찾는 평화는 사라져 버리기만 한다. 우리는 혼란스러운 세상에 살고 있고, 아무리 평화를 말해도 진짜 평화를 발견하지 못한다는 것을 잘 안다. 정말 그렇다. 이 책의 기획의도를 가까운 친구에게 말했을 때 그 친구는 이런 주제로 글을 쓰는 것은 순진함보다는 어떤 면에서 고집스럽다고 했다.

지금처럼 암울한 상황을 생각하면 평화를 위해 책을 쓰는 일은 정말 외고집처럼 보일 수도 있다. 하지만 평화와 조화로운 삶을 향한 열망은 아직도 변하지 않고 있다. 그것은 아주 오래되고, 아주 보편적인 것이다. 수천 년 전 유대인 예언자 이사야는 사자가 양과 함께 평화롭게 사는 세상을 꿈

꿨다. 그 이후 수 세기 동안, 미래 전망이 아주 어둡고 전장이 피로 물들었을 때에도 사람들은 여전히 그의 꿈에서 희망을 발견했다.

아무튼 우리 사회는 '평화'의 중요한 의미를 상실해 버렸다. 축하 카드에서 책갈피까지, 광고 게시판에서 수를 넣은 행주까지 우리의 문화는 평화의 언어로 가득 차 있다. 특별히 성탄절에는 '평화와 선의' 같은 문장들이 아주 흔하게 등장하고 그것들은 급기야 구호나 진부한 표현으로 퇴색해버렸다. 정부와 대중 매체는 세계 곳곳에 포진하고 있는 거대한 중무장 '평화 유지' 군을 얘기한다. 교회에서는 신부나 목사들이 예배를 마칠 때 '평화가 여러분과 함께'라고 말하는데 원래는 축복의 뜻을 담고 있는 이 말이 다음 주 일요일까지 모임을 해산한다는 것 이상으로 들리지 않을 때가 많다.

그래도 평화를 동경하는 마음은 모든 인간 존재에 깊이 자리 잡고 있다. 우리는 모두 스트레스나 두통, 가슴을 아프게 하는 일을 싫어한다. 고갈된 느낌을 좋아하지 않는다. 우리는 모두 걱정과 의심, 폭력과 분열에서 해방을 원한다. 안정과 안전을 원한다. 평화를 원한다.

수많은 사람들이 평화를 동경하지만 보통 자신만의 쉬운 평화를 원한다. 그런데 문제는 진짜 지속성이 있는 평화는 그렇게 빨리, 쉽게 오지 않는다는 거다. 평화는 그저 오늘 왔다가 내일 사라지는 일시적인 심리적 웰빙이나 평정상태일 수 없다. 진정한 평화는 사서 소유할 수 있는 생필품 같은 것이 아니다. 또한 그것은 단순히 좋은 의도만 갖고 시작하거나 추구할 수 있는 것이 아니다. 역설적이지만 진정한 평화는 투쟁을 필요로 한다. 그것은 근본적인 삶의 전투를 감행할 때만 얻을 수 있다. 생명 대 죽음, 선 대 악, 진실 대 거짓의 전투. 평화는 선물이며 아주 힘든 투쟁의 산물이기도 하다.

평화를 찾는 여정에서 고통스럽지만 가장 중요한 것은 우리의 마음, 우리의 삶이 얼마나 메말라 있고 평화를 잃고 있는지를 인정하는 것이다. 어떤 사람에게 그것은 증오나 분노에 직면하는 걸 의미할 수도 있다. 어떤 사람에게는 기만, 분열된 충성심, 또는 혼란일 수도 있고, 어떤 사람들에게는 여전히 단순한 공허함 또는 우울함일 수 있다. 깊은 차원에서 이것들은 모두 폭력이며 우리가 정직하게 대면하고 극복해야 할 것들이다.

이 책에서 나는 근사한 논리를 만들어 내거나 빈틈이 없는 주장을 피하려고 한다. 그리고 고갈된 느낌의 뿌리 주변에만 머물지 않으려고 한다. 그런 주제만으로도 책 한 권을 충분히 쓸 수 있겠지만 그렇게 하면 너무 우울한 책이 될 것이다. 도움조차 되지 않는 책이 될 것이다.

격변의 세기를 살았던 인도의 기독교 신비가 사두 선다 싱은 지적인 탐색으로는 '더없이 행복한 삶의 비밀과 실재'를 발견할 수 없음을 보여주기 위해 다음과 같은 이야기를 들려 줬다.

한 과학자의 손에 새가 놓여 있었다. 그 새에게 생명이 있다는 것을 감지한 그는 몸의 어느 부분에 생명이 있는지 찾고 싶어서 새를 해부하기 시작했다. 그러자 그가 찾고 있던 생명이 사라져버렸다. 내적인 생명의 신비를 지식으로 이해하려고 하는 사람들은 비슷한 실패를 경험하게 될 것이다. 분석을 하는 사이에 그들이 찾는 생명은 사라져 없어질 것이다.

아무 서점에나 가면 '~하는 법' 식의 영성 안내서를 쉽게 찾을 수 있다. 그러나 내가 경험해 알게 된 삶은 그런 책들이 말하는 것처럼 잘 정돈되어 있는 것이 아니다. 그것은 종종 엉망진창 덩어리다. 이 책에 등장하는 이야기들 중에 많은 부분은 내 친구들의 실제 경험에서 온 것들이다. 어떤 친구들은 오랫동안 알고 지낸 사람들이고, 어떤 친구들을 최근에 알게 됐다. 그들 대부분이 영원한 평화를 갖고 있다고 말하는 것은 아니다. 오히려 그들은 평화로 가는 여정을, 우리 모두가 원하지만 좀처럼 정의하기 힘든 '좀 더'를 찾는 여정을 증언한다. 우리는 이 여정에서 각자 다른 위치에 있을 것이다. 이 책을 쓰기 시작한 목적은 아주 단순하다. 당신이 가는 길에 디딤돌을 놓아서 당신이 길을 계속 갈 수 있게 돕는 것이다.

차례

머리말: 평화로운 삶으로 가는 여정   7

1 저속 차선 위의 삶   17

2 침묵은 영혼을 쉬게 한다   25

3 내려놓기   31

4 내집을 파괴한 사람들을 사랑하라   41

5 솔직해지기   53

6 믿음 뒤에 평화가 온다   67

7 방향전환   77

8 평화는 용기가 필요한 선택이다   85

9 지금 이 순간을 살아라   99

10 모든 일에 진정으로 고마워하라   109

11 차고 넘치는 삶에 매달리지 말라   117

12 평화는 주어지지 않는다   131

13 섬기는 삶이어야 한다   143

14 우리들의 적을 위해 기도하라   153

15 평화는 행동하는 것이다   165

16 혁명을 원한다고 말하라   181

마무리: 믿음을 지키자   195

옮긴이의 말: 고갈된 삶에서 길어올린 평화   203

저속 차선 위의 삶

자기가 속할 수 없는 것에 속박되어 있는 사람은 자기 자신을 잃은 것
이다. 죠지 맥도널드

《타임》지 최근호 '흐름란'에는 오하이오 주
에 있는 부유한 도시 근교의 작은 마을에서 살다 떠난 젊은
부부 이야기가 실렸다. 그들은 '크고 텅 빈 집을 값비싼 쓰레
기들로 채우기 위해 쉬지않고 일만 하는' 이웃들이 즐비한 이
곳에서의 삶이 싫증났다고 했다. 그들 부부는 '고요함, 단순
함, 평화로움'을 원했다.

처음 작은 마을에서 삶은 완벽해 보였다. 그러나 얼마 지나
지 않아 부부는 실업이 범죄율을 높이는 것을 봐야 했고, 속
좁은 이웃들과 갈등을 겪어야 했다. 그래도 포기하지않고 아
내는 거대한 재개발을 막고 학교 운영위원회에서 문제 해결

을 위해 헌신했다. 하지만 그것 역시 성취감을 주지 못했다. 마침내 부부는 그들이 그렇게 원했던 평화로운 삶의 방식을 누릴 수 있는 대단한 계획을 생각해 냈다. 뉴잉글랜드의 낸터킷 섬으로 옮겨가 민박집을 시작한 것이다 ……

지금까지 이뤄진 새로운 발명과 진보는 우리 삶의 방식을 완전히 바꾸어 놓았다. 개인용 컴퓨터와 팩스, 휴대 전화와 무선 스피커, 이메일 등과 같은 여러 종류의 노동 절약형 첨단 기술 장치들이 우리의 집과 일터에서 혁명을 일으켰다. 그런데 정말 그런 것이 약속한 대로 우리들 삶에 평화와 자유를 가져다주었을까?

우리는 과학 기술을 포용하려는 열망에 세뇌되고 의식이 무뎌져버렸다. 새로운 장치에 돈을 더 많이 쓰라고 강요하는 시스템의 노예가 됐다. 열심히 일하면 그만큼 중요한 일을 더 많이 할 수 있는 시간이 주어질 것이라는 주장을 아무런 의문 없이 받아들인다. 이것은 뒤틀린 논리다. 소프트웨어 팩키지나 자동차 등 업그레이드 된 모든 것들이 우리를 끊임없이 달리게 만들 때, 판단력을 잃은 채 유행에 뒤지지 않으려고 애쓸 때, 무엇을 절약했고, 삶이 얼마나 더 평화로워졌는지 우리 스스로에게 물어봐야 한다.

사실 계속 복잡해지는 삶은 우리의 평화를 도둑질해버렸고, 조용히 광범위하게 퍼진 신경과민, 불안감 그리고 혼란이라는 유행병을 낳았다. 독일의 교육자 프리드리히 빌헬름 포에스터는 오십 년 전에 이렇게 썼다.

기술 문명은 그 어느 때보다 삶의 모든 측면에 완충물이 되어 왔지만 그 만큼 사람들은 더 삶의 공격에 굴복하고 있다. 이것은 아주 간단하다. 물질적이고, 기술적인 문화는 비극에 처한 사람들에게 도움을 줄 수 없다. 오늘날의 인간은 겉으로는 그럴듯해 보이지만 자신의 불안과 분열을 지배할 수 있는 아무런 생각도, 아무런 힘도 없다 ······ 평화가 없다.

우리 문화는 광란의 흔적만이 있는게 아니라 광란에 의해 일방적으로 끌려 왔다. 미국인 수사 토머스 머튼이 말한 것처럼 우리는 시간과 공간의 부족에 허덕이고 있다. 시간을 절약하고, 공간을 정복하고, 미래를 추측하고, '크기, 부피, 양, 속도, 숫자, 가격, 힘 그리고 가속도에 대한 걱정'에 사로잡혀 있다.

낸터킷 섬으로 옮겨간 부부가 깨달은 단순함 자체가 목적이 될 수는 없다. 그 부부가 그렇게 갈망했던 방해받지 않는 고요를 찾았는지는 알 길이 없다. 그러나 나 자신과 다른 사람들의 경험을 통해 나는 단순함은 마음속의 평화처럼 달아나기 쉬운 것임을 배웠다. 자연은 진공 상태를 몹시 싫어한다. 어지럽혀진 삶을 비우려는 시도는 장기적으로 볼 때 또 다른 혼란이 들어올 자리를 마련하는 것 이상을 넘지 못할 수도 있다. 만약 우리가 물질적인 삶의 방식에 환멸을 느끼고 그 마수에서 벗어나기를 원한다면 단순히 속도를 바꾸는 것만으로는 안 된다.

더 많은 소유와 넘치는 행동들이야말로 가족, 친구, 의미있는 관계 그리고 삶에서 우리를 이어주고 일치시켜주는 소중한 것들로부터 주의를 빼앗는다. 이럴 때 단순함은 여전히 우리가 끊임없이 추구해야 할 것으로 남는다.

옛 동독의 드레스덴에서 공산당에 헌신적이었던 부모를 둔 스테판은 물질적 풍요는 자신의 손이 닿지 않는 베를린 장벽 저편에 있을 뿐이라고 생각하며 자랐다. 초등학교 시절 스테판은 마르크스주의를 배웠고, 선생님들이 사회 비전을 설명했지만, 학교 운동장에서 친구들과 서구의 장난감들을 교환하며 '서구'라고 불리는 신비스러운 곳을 머리속에 그렸다.

어린 시절 대부분을 높은 아파트가 둘러싸인 곳에서 부모님과 삼형제가 함께 살았다. 지금 돌아보면 많은 사람들이 그런 벙커 같은 곳에서 살았던 것 같다. 하지만 그때에는 그런 생각을 전혀 못했다. 세상에 얼마나 많은 사람들이 지붕이 있는 곳에서 잠을 잘까? 우리는 굶어본 적이 절대 없었다. 따뜻한 물, 찬 물 모두 잘 나왔다. 수도 계량기는 없었다. 물을 아무리 써도 요금은 언제나 같았다.

열세 살 때 나는 체육 특수학교 학생으로 선발돼서 집을 떠나 유도를 배우게 됐다. 코치 선생님은 우리의 임무가 얼마나 중요한지 몇 번이고 강조했다. 모든 것이 올림픽에 초점이 맞추어져 있었다. 만약 동구권 선수가 금메달을 딴다면 그것은 제국주의에 큰 타격을 입힐 거라고 얘기했다. 사람들이 왜 그렇게 요란을 떠는지는 알 수 없었다. 어린 십대인 우리들은 왜 마이클 잭슨이나 브루스 스프링턴 같은 가수들이 이쪽에 와서 콘서트를 열 수 없는지 이해할 수 없었다.

이 학년이 되면서부터 싫증이 났다. 사람들의 얘기와는 달리 공산주의는 일종의 관료주의일 뿐이라는 것을 알게 됐다. 동시에 나는 자본주의도 별로 답이 될 수 없다고 생각했다. 학교에서는 서구에서 일어나는 불의와 착취에 대해 배웠다.

1989년 베를린 장벽이 무너졌을 때 난 열일곱 살이었는데 별 다른 느낌이 없었다. 물론 사람들 사이에 자연스럽게 술렁임이 있었다. 하지만 그것도 내게는 과장된 것처럼 보였다. '드디어 자유다! 이제 우리는 서구에 있는 형제자매들과 연합할수 있다!' 하지만 내게는 사람들이 서구에 있는 형제자매들에게 그렇게 신경을 쓰는 것처럼 보이지 않았다. 그들에게는 잘 정돈된 백화점이 더 흥미로워 보였다. 그리고 서구 사람들도 동구 사람들의 친구가 되기보다는 그곳의 시장에 더 눈독을 들이는 것처럼 보였다.

성탄절을 며칠 앞두고 나는 옛 서 베를린 지역에 가 보았다. 벌써 많은 사람들이 이사를 왔고 수시로 쇼핑을 하며 물건을 잔뜩 싣고 돌아왔다. 나는 돈을 쉽게 쓸 수가 없었다. 겨우 초콜릿 몇 개를 샀다. 상점의 진열장 앞에 몰려든 사람들과 광고판을 뚫어져라 처다보고 있는 사람들 사이를 지나면서 나는 도저히 이런 환경에서는 살 수 없겠다는 생각을 했다.

공산주의와 자본주의 모두 진실과는 지독히도 거리가 먼 것처럼 보였다. 다른 대안을 꿈꾸기 시작했다. 나는 대안을 계획했고 종이에 그려봤다. 그곳은 모두가 함께 잘 지내고, 가난이 존재하지 않는 곳이었다. 삶은 단순하고 바쁘지 않고 사람들은 서로를 위해 시간을 내주는 곳이다.

얼마 후 한 친구가 쾰른 근처 시골에서 돈에 매이지 않고 진짜 함께 살며 일하는 공동체가 있다는 얘기를 해 주었다. 처음 그곳을 방문했을 때 나는 그들의 허식 없는 삶의 방식과 헌신적인 정직함, 솔직한 관계에 깊은 인상을 받았다. 일 년 후 나는 그곳에 들어가 살기 시작했다. 내가 찾아 헤맸던 '제3의 길'을 발견한 거였다.

돌아보면 내 어린 시절 삶의 방식은 서구의 기준에서 보면 단순한 삶이었다. 그렇지만 우리가 그 길을 선택한 것은 아니었다. 원래 그랬던 거다. 요즘은 단순한 삶을 과장해서 생각하는 사람들을 만난다. 그들은 슈퍼마켓에서 파는 우유를 마시지 않거나 통밀 빵만을 먹는다. 세상에는 더 나은 것을 감당할 능력이 없기 때문에 단순하게 사는 사람들도 있고, 사회적 자각과 다른 이유 때문에 단순하게 사는 사람들도 있다.

내게는 단순함 그 자체만을 위한 단순한 삶은 아무런 의미가 없다. 하지만 그것이 대량 생산과 소비라는 유행에 반대해서 나온 결심이라면, 그리고 받기보다 주기 위한 것이라면 그 단순함은 진실의 열매다.

2 침묵은 영혼을 쉬게 한다

잃어버린 평화를 찾아가는 열여섯 가지 이야기

말이야말로 인류가 사용하는 가장 강력한 마약이다. 러쟈드 키플링

우리의 힘과 감정을 가장 많이 고갈시키고
평화에 가장 큰 걸림돌이 되는 것은 바로 침묵할 수 없는 우
리 자신이다. 입을 다물고 자신의 일에 전념하리라 결심했다
가도 바로 고개를 돌려 수다에 끼어든다. 다른 사람들의 일에
간섭하며 끊임없이 우리들 자신의 평화를 도둑질한다. 끊임
없이 말하고, 뒤에서 남의 험담을 한다.

많은 사람들이 침묵을 자신의 삶에 심각한 덫을 놓는 일
이며 수사나 수녀같이 '종교적인 사람들'만을 위한 것이라고
생각하는 듯하다. 사실 많은 종교의 수도자들이 침묵하는 시
간을 갖는다. 우리는 그것을 꼭 부정적인 시각으로 볼 필요

25

는 없다. 침묵은 우리가 무엇에 꼭 반응을 보여야 한다는 부담을 덜어준다. 침묵은 중요하지 않은 일에 쓸데없이 힘을 쓰지 않게 도와준다.

작가 막스 피카르트는, "침묵은 어떠한 이익이나 실용성을 의미하지 않는다. 우리는 침묵을 착취할 수 없다. 당신은 침묵에서 아무것도 얻을 수 없다. 그것은 '비생산적인 것'이고, 쓸모없는 취급을 받는다. 그러나 침묵은 세상에 유용하다는 그 무엇보다 더 많은 도움을 주고 치유를 가져다준다"고 말했다.

때때로 침묵은 육체적인 고독을 요구한다. 나는 매일 단 몇 분 동안만이라도 고독의 시간을 갖는 것이 중요하다고 생각한다. 아내와 나는 자주 조용한 아침 산책을 나가는데 그 시간은 생각을 정리하는 데 도움이 된다. 내가 아는 한 노부부는 매일 저녁 식사 전에 짧은 산책을 나간다. 그들이 하는 일이란 그저 조용히 저녁 시간을 함께 즐기는 거다.

다른 사람들과 함께 일하는 사람이라면, 예를 들어 가까운 가족이나 회사 또는 공동체의 사람들과 일하는 사람이라면 더더욱 홀로 조용히 있는 시간이 필요하다. 1935년 독일 북동부 지방에 작은 종교 공동체를 시작했고, 1944년 6월에 히틀러 암살 공모 혐의로 교수형을 당한 디트리히 본회퍼는 공동체 안에서 살 수 없는 사람들은 자신과도 함께 살 수 없다고 말했다. 그 반대도 마찬가지이다. 자신과 함께 살 수 없는 사람은 공동체 안에서도 살 수 없다.

혼자 있을 때 겉으로는 쉽게 침묵을 지킬 수 있다. 그러나 안으로는 많은 생각과 계획이 바쁘게 떠올라서 완전히 고요해지기란 쉽지 않다. 다른 사람과 함께 있을 때는 더 어렵다. 침묵은 말하지 않는 것만 의미하지 않는다. 그것은 듣는 연습이기도 하다.

반응하지 않고, 말을 고치거나 꾸미지도 않고 일일이 토를 달지 않고 그저 단순히 들을 수 있는 능력은 선물이다. 캘커타의 마더 테레사가 지적했듯이 "속에서 우러나오지 않는 말들은 아무 짝에도 쓸 곳이 없다."

우리는 사랑하는 사람 옆에서는 말이 없어도 완벽하게 느끼는 편안함이 무엇인지 잘 안다. 그러나 침묵이 언제나 평화로 이어지는 건 아니다. 어떤 때에는 대화가 잠깐만 끊겨도 불안해하고 당황해져서 그 불편한 틈을 메우기 위해 무슨말이든 하려고 애쓴다. 마음속에서 무언가 잘못 되었을 때, 자기 자신과 평화를 이루지 못할 때, 또는 함께 있는 사람의 존재가 불편해졌을 때 침묵은 두려움이 될 수도 있다.

최근에 한 친구는 머리 속을 꽉 채운 온갖 생각들, 소란스러운 일들, 산만한 계획 그리고 내일을 걱정하는 마음을 모두 버리고 고요한 마음을 유지하기가 얼마나 힘든지 실감한다고 말했다.

나 자신과 평화를 이루지 못하는 날에는 빈 여백들, 시각적인 여백들(보거나 읽을 것이 없음), 청각적인 여백들(듣거나 귀 기울일 것이 없음), 육체적인 여백들(할 일이 아무것도 없거나 할 힘이 없음)과 겨루는 일이 아주 버겁게 느껴져요. 내적인 고통을 주는 문제들, 예를 들어 아픔, 서로 충돌하는 목표들, 두려움, 비난 같은 것들로부터 주의를 돌려보려고 하지만 정신만 더 못 차리게 되거든요.

아버지의 어릴 적 친구이며 나와는 평생을 알고 지낸 죠피 뢰버는 최근에 비슷한 내용의 편지를 내게 썼다. '내 삶의 평화를 위해서 자주 싸워야 했어. 하지만 침묵이 내면을 돌아보는 데 도움을 줬지.'

1937년 죠피가 살던 독일의 종교 공동체는 나치의 비밀경찰 게슈타포의 기습을 받고 해산됐다. 경찰은 남자들을 벽을 향해 줄지어 세우고 여자들과 아이들을 한 방에 가둔 다음 심문했다. 그리고는 스물네 시간 안에 건물을 비우고 독일을 떠나라고 명령했다. 죠피는 그때의 일을 이렇게 기억한다.

나치는 우리더러 뢴 언덕 위의 정든 집을 떠나라며 옷가방 외에는 아무것도 가져 갈 수 없다고 말했다. 하지만 우리는 보물을 가지고 나왔다. 기쁨과 슬픔들, 싸웠던 순간들과 축하했던 순간들, 그리고 몇 년에 걸쳐 우리가 경험한 모든 것들을 우리 가슴에 담아 나왔다. 우리는 물질적으로는 벌거벗김을 당했지만 아무도 우리가 가지고 나온 보물은 빼앗아갈 수 없었다. 그것은 내게 조용한 기쁨을 주었고, 마음에 평화를 가져다주었다.

그로부터 몇 년이 지난 다음 죠피와 남편 크리스티안은 두 아들을 희귀병으로 잃었다. 먼저 아이들의 눈이 멀기 시작했고, 다음에는 정신적으로 쇠약해졌다. 십대였던 두 아이는 몇 년 간격으로 차례로 숨을 거두었다. 죠피는 말도 못할 비탄에 잠겼다. 수많은 질문들이 죠피를 괴롭혔지만 그것들은 서서히 침묵에게 자리를 내 주었고 그녀는 계속 앞으로 나아갈 힘을 얻었다. 평화를 찾은 것이다.

나 자신에게 계속 물었다. 왜 이렇게 끔찍한 시련을 겪어야만 할까? 어떤 때는 낙담이 견딜 수 없을 만큼 무거웠다. 하지만 시간이 흐르고 생각을 추스르고 내적으로 조용해질 수 있게 됐을 때 내 마음 씀씀이가 너무 좁았고 나 자신만 생각했음을 깨닫게 됐다. 크리스티안과 나는 우리의 아픔 주위에만 맴돌았을 뿐 바로 옆에 도움이 필요한 사람들이 살고 있다는 사실은 잊고 있었다.

그 뒤에도 죠피는 남편을 암으로 잃었고, 그 다음에는 결혼해서 아이들까지 있던 셋째 아들을 전기 사고로 잃고 말았다. 하지만 죠피는 여전히 그런 고통들이 자신에게 가르친 것은 침묵이었으며, 자신을 '구속하는 모든 것들을 그대로 내려놓는' 것을 배웠다고 말한다. 또한 내적인 침묵과 초연의 힘으로 다른 사람의 고통에 더 잘 반응할 수 있었다고 말한다.

죠피가 말한 '내려놓기'는 17세기의 퀘이커 교도인 윌리엄 펜이 했던 말과 비슷하다. "마음속의 침묵조차도 사랑하라. 말은 몸에게, 생각은 마음에게 성가신 것들이다. 진정한 침묵은 마음에 쉼을 준다. 잠은 몸에게, 침묵은 영혼에게 영양과 원기를 준다."

3 내려놓기

> 너무 많은 요구에 항복하고, 너무 많은 일들에 관여를 하고, 모든 사람의 모든 일을 도와주려고 하는 것은 폭력에 굴복하는 것이다.
> 토머스 머튼

모든 관심을 오로지 자기 자신한테 집착하는 것은 마음의 평화를 깨버리는 지름길이다. 어떤 사람들은 마치 거울 속의 자신을 보듯 끊임없이 자기 자신을 감시하려고 한다. 사람들은 필요 없이 긴장을 하고, 완전히 고갈될 때까지 스스로를 옥죈다. 자신의 내면을 별로 의식하지 않아 보여도 역시 오래된 상처를 끌어안고 긴장 속에 살아가는 사람도 있다. 어떤 사람은 후회를 하며 우울해 한다. 어떤 사람은 이룰 수 없는 욕망과 그에 따른 좌절을 이기지 못해 괴로워한다.

위니프레드는 아들이 태어나서 바로 죽자 절망에 빠졌다.

상실감에서 헤어나지 못했고, 죄책감을 떨쳐내지 못했다. 의사가 아니라고 했지만 소용이 없었다. 위니프레드는 몇 년 동안 자기 고문을 멈출 수가 없었다. 그가 겪은 긴 내면의 갈등은 마음에 고통을 가져다주는 걱정의 근원이 무엇인지 잘 보여준다. 그것은 자기 책임이라는 비극에 길들여지려는 시도였다. 객관적인 죄책감을 느끼든 말든 중요하지 않다. 해결의 열쇠는 그냥 내버려 두는 것이다. 자신을 비난하기만 하면 회복은커녕 건강하지 못한 자성만 하게 될 뿐이다.

다른 사람을 압박하고 통제하는 일을 멈추지 못해 내적인 좌절을 겪는 사람도 있다. 나는 가족 상담자로서 그것이 가정에 얼마나 큰 피해를 주는지, 특히 부모와 아이의 관계에서 얼마나 심각한 피해를 주는지 봐왔다. 많은 부모와 십대 자녀들 사이에서 심지어는 다 큰 자식과도 큰 불화가 일어나고 있다. 그러나 만약 부모들이 아이들을 자유롭게 놔두거나, 장래 계획 때문에 쉴 새 없이 안달을 하고 부담을 주지 않는다면 불화는 해결 될 수 있다. 교사였던 나의 어머니는 부모들에게 '여러분이 자녀들에게 주는 가장 큰 피해는 아이들을 당신 곁에 사슬로 묶어두는 거예요. 아이들을 그냥 내버려 두세요'라고 말씀하셨다.

정서적인 구속은 가정 밖에서도 긴장을 유발할 수 있다. 간섭하고, 충고하고 다른 사람을 비판하려는 경향은 많은 사람들을 지치게 만든다. 십대의 성문제 전문가로 잘 알려진 내 친구 말리 켈리는 마음의 평화를 찾는 일, 그리고 그 일에서 내려놓기가 하는 역할을 아주 유익하게 성찰한다.

나는 다섯 명의 오빠, 한 명의 언니와 함께 가톨릭 가정에서 부모님의 사랑을 듬뿍 받으며 자랐다. 모든 것이 다 순조롭지는 않았지만 사랑은 우리를 일치시키는 접착제였다. 나는 대학을 갔고 내 인생의 연인이 될 조지타운 대학의 잘 생긴 의대생 짐을 만났다. 사람들 말처럼 우리 결혼은 하늘이 내려준 것이었다. 그이는 날 사랑했고, 나도 그이를 사랑했다. 그 후 십일 년 동안 우리는 축복을 받았고 여덟 명의 아이들을 낳았다.

그러던 어느 날, 지금으로부터 이십이 년 전, 내 인생을 영원히 바꿔버린 일이 일어났다. 짐과 나는 친구들과 주말여행을 갔다. 짐의 병원 일과 아이들 때문에 어디를 가는 것이 쉽지 않은 때였다. 그렇기 때문에 우리는 더욱 더 신이 났다. 우리는 펜실베이니아의 포코노 산맥 리조트에서 주말을 보내러 갔다. 그리고 그때 나를 불안과 슬픔 속에 던져 버린 사건이 일어났다. 그것은 내 몸 속 세포 하나하나에 깊이 스며들어 몇 년 동안 내 몸의 일부가 되었다 ……

눈썰매장 정상에서 친구와 얘기를 나누고 있는데 슬로프 아래에 무슨 일이 있는 것처럼 보였다. 짐이 먼저 썰매를 타고 언덕 아래로 내려갔지만 난 그이와 관련이 있을 거라는 생각은 전혀 못했다. 몇 사람이 내게 손을 흔들었지만 난 무슨 일이 일어났는지 알 수가 없었다. 그런데 한 사람이 짐이 다쳤으니 빨리 내려오라고 소리를 질렀다. 나는 급히 내려 달렸다. 미끄러지고 넘어지고 다시 일어났다. 내려가서 보니 그이 주위에 사람들이 몰려 있었다. 사람들은 나를 위해 길을 내 주었고 난 짐 옆에 무릎을 꿇고 앉았다. 그이는 의식을 반쯤 잃었고 출혈이 너무 심했다. 자세한 얘기는 하지 않겠다. 그이는 죽었다.

나는 황폐해졌다. 짐은 가장 좋은 친구였고, 머리맡 친구였고, 아이들의 아버지였고, 우리 꿈의 건설자였다. 그이 없는 생활은 생각할 수 없었다. 아빠가 죽었다는 사실을 알게 된 아이들과 집으로 오던 날은 지금도 잊지 못한다. 큰 아이 짐은 열 두 살이었고 막내 댄은 14개월이었다. 어린 아이들은 어리둥절했다. 집은 사람들과 소음, 그리고 엄청난 양의 음식으로 넘쳐 났다.(사람들이 비탄에 잠긴 가족들을 위로하기 위해 음식을 갖고 오는 것은 신기한 일이다) 우리는 가족들에게, 좋은 친구들에게 둘러싸여 보호를 받았다. 우리에게 쏟아지는 사랑에 감사했지만 상처가 너무 아파서 아무에게도 고맙다는 말도 못했다. 나도 짐처럼 상처가 나서 피를 흘리고 있었다. 아무도 내 상처를 치료할 수 없었고, 그 상처는 몇 년 동안 계속 피를 흘리며 곪아버렸다.

그러나 아이들은 계속 돌봐줘야 했다. 난 아이들을 아주 사랑했고 아이들한테 소홀히 해서 짐과의 추억에 불명예를 남기고 싶지 않았다. 그때까지만 해도 기저귀를 찬 아이 둘이 있었다. 좋아하는 일은 바로 해야만 하는 아이들은 다른 애들이 거실에서 미식축구 놀이를 하는 동안 소파 쿠션으로 놀이터를 만들어 놀면서 내게 시간과 인내심을 요구했다. 늘 해야 할 일을 다 못할 정도로 바빴고 일을 하는 동안 시간이 나를 무겁게 눌렀다. 일상은 지루하게 계속됐다. 잠이 들어 짐이 죽었다는 사실을 잠시라도 잊을 수 있는 밤이 오기만을 기다렸다. 나는 인내심을 잃었다.

혼자가 아니었지만 믿기 어려울 정도로 늘 외로웠다. 시간이 흐르고 평화가 왔을 때 외로움과 혼자 있는 것의 차이가 무엇인지 알게 됐다. 난 여전히 외로움을 두려워한다. 하지만 그때부터 혼자 있는 시간을 소중하게 생각하게 됐다.

남편이 죽고 얼마 뒤 말리는 남편이 관심을 갖고 있던 낙태 문제에 주의를 돌렸다. 가톨릭교 의사로써 생명의 신성함을 믿었던 짐은 낙태 반대에 아주 열심이었고 말리도 같은 생각을 갖고 있었다.

지역의 가톨릭 학교들을 찾아가 수업 시간에 낙태를 주제로 몇 년 동안 많은 강연을 했다. 일정을 조정해서 아이들이 오후에 학교에서 올 때면 집에 가 있었다.

그런데 얼마 후 내가 문제의 본질에 접근하지 못하고 있다는 것을 알게 됐다. 낙태의 뿌리, 원하지 않는 임신 그리고 우연한 성관계에 대해 말할 필요가 있다는 것을 알게 됐다. 그때부터 성적 책임에 대해 말하기 시작했다. 강연 요청이 쏟아졌다. 다른 지역의 학교들을 포함해 수많은 학교에서 강연 요청이 들어왔고 나는 어디로 가야 할지 모를 정도로 압도당했다.

친구들은 강연을 줄이라고 충고를 했지만 난 그것이 내 소명이라고 생각했다. 여전히 무언가를 내주어야만 했다.

나는 일을 내 뜻대로 하기를 좋아한다. 아이 여덟 명의 엄마였던 나는 작은 배의 선장처럼 아이들을 좌지우지했다. 장을 보고, 요리를 하고, 빨래를 하고, 숙제를 돕고, 나가서 놀고, 공놀이를 했고, 집안의 가장과 학교의 교장 노릇을 했다. 난 '내려놓음'이라는 말을 몰랐다. 내려놓음이란 그만 두는 것이 아니라 넘겨주는 것인지를 몰랐다. 내가 했던 통제와 걱정, 외로움, 지친 나 자신과 내 아이들까지 모두 넘겨주고 나보다 더 강한 이가 고삐를 잡도록 내버려 둬야만 했다. 나중에 그렇게 할 수 있게 되자 바로 만져질 듯한 평화가 찾아왔다.

말리는 이런 자신의 한계를 실감하고 자신이 감당할 수 없는 것은 인정하고 내려놓는 것이 강연자로서 아주 절실히 필요하다는 것을 알게 됐다. 백만 명도 넘는 십대들―내가 '세상에서 가장 좋아하는 이들'이라고 부르는―그리고 수천이 넘는 부모들 앞에서 강연을 했다. 최근에는 로마에서 육천 명의 신부들이 모인 자리에서, 캘리포니아에서 오십 명의 추기경과 주교들이 모인 곳에서 연설을 했다.

때로는 일정이 너무 많을 때도 있지만 나는 이제 압도당하지 않는다. 나의 평화는 깊다. 그것은 오랫동안 끌려 다닌 끝에 자리를 잡은 평온함이다. 나는 계속 새롭게 포기하면 된다. 갈 수 있으면 '예'라고 하고 그렇게 못하면 '아니오'라고 말한다. 내가 언제나 옳은 결정을 내리냐고? 아니다. 하지만 오직 내려놓음을 통해서만 평화가 온다는 것은 분명히 알게 됐다.

수 없이 많은 사람들이 고갈을 느끼면서도 용감히 싸움을
계속 한다. 그저 경계를 늦추고 싶지 않기 때문이다. 사람들은
어떤 비용을 들이더라도 자신의 삶을 통제하려는 강한 의지
를 갖고 있다. 지나친 헌신으로 자신을 속박하고는 거기에서
벗어나기 위해 며칠 동안 쉬어야 한다. 균형 잡힌 일정을 짜려
하고 우선순위가 뭔지 찾으려 한다. 친절해지려 하고 집에서
는 사랑을 하고 직장에서는 인내심을 가지려고 한다. 그렇게
하루를 보내지만 사람들은 진정한 평화를 발견하지 못한다.
    아무리 최선을 다해도 우리의 힘은 하찮고 우리의 해결책
들은 변변치 않다. 우리 각자가 할 수 있는 일에는 정말 한계
가 있다. 이 사실을 깨달을 때 우리는 문제를 내려놓고 이를
자기 식대로 해결하려는 생각을 쉽게 포기할 수 있다. 마틴
루터 킹이 즐겨 말했듯이 우리는 서로에게 의존하고 있으며
독립적이지 않다. 이 사실 또한 아무리 높은 장애물이라도 넘
지 못할 것이 없음을 깨닫게 해준다.
    가난하고 착취당하는 사람들 편에 서서 목소리를 높였다
는 이유로 1980년 암살당한 엘살바도르의 대주교 오스카 로
메로가 처음부터 용감했던 것은 아니었다. 사실 가톨릭교 당

국과 군부 지도자들은 그를 현상 유지를 원하는 보수적인 방어자이며 안전한 내기 상대 정도로 생각했다. 하지만 삼년이라는 짧은 시간이 로메로를 인권 투사로 바꿔 놓았다. 자기 회의와 망설임에 익숙했던 로메로는 자신보다 위대한 대의에 초점을 맞추는 것을 선택했다. 로메로가 한 다음의 말은 그가 자신 앞의 장애물에 어떻게 접근했는지 잘 보여준다.

가끔 뒤로 물러서서 긴 안목으로 생각하는 것은 도움이 된다 … 우리가 하는 일에 완벽함은 없다 … 어떤 목표나 목적도 모든 것들을 다 포함할 수는 없다.
이것이 우리의 참모습이다. 우리가 뿌린 씨앗은 언젠가 싹을 틔울 것이다. 이 씨앗에 미래가 담겨 있다는 생각을 하며 물을 준다. 오늘 기초를 세우면 내일은 더 발전할 것이다… 모든 일을 다 할 수는 없다. 이것을 알면 해방이 뭔지 알 수 있다. 그러면 작은 일도 잘 할 수 있다. 완벽하지는 않지만, 그것은 시작이고, 길을 향한 첫 걸음이다 … 우리는 결과를 절대 못 볼 수도 있다. 그래서 뛰어난 건축가와 일꾼이 구별되는 거다.

로메로의 이 말은 자기 자신을 향한 것이 되어 버렸다. 얼마 되지 않아 그의 삶은 갑자기 그리고 폭력적으로 끝이 나버린다. 그는 자신의 싸움이 사람들 삶에 긍정적인 변화를 가져다주는 것을 못보고 세상을 떠났다. 로메로는 암살당하기 이 주 전에 한 기자한테 "죽음이 두렵나요?"라는 질문을 받고 이렇게 대답했다.

그들이 만약 나를 죽인다면 나는 엘살바도르 사람들 속에서 다시 일어날 거요. 내가 자만해서 이런 말을 하는 게 아닙니다. 겸허한 심정으로 말하는 겁니다 … 내 죽음이 사람들에게 자유를 주고, 미래의 희망을 증언하기 바랄 뿐이오. 만약 그들이 날 죽이러 오면 난 그들을 용서하고 축복할거라고 써도 좋아요. 그들도 시간만 낭비하게 될 거라는 사실을 알면 좋겠는데. 주교는 죽겠지만 사람들은 절대 사라지지 않습니다.

그가 죽은 뒤 며칠이 지나고, 몇 달이 지나자 그 말은 진실로 입증이 됐다. 한 사람, 한 사람 인권투쟁을 이어가기 위해 참여하기 시작했고 '한 사람'보다 더 위대한 투쟁의 대열에 합류했다. 로메로는 옳았다. 우리 모두가 할 수 있는 일은 씨를 뿌리고, 내 버려 둔 다음, 다른 사람들을 신뢰해서 그들이 돌보고 언젠가는 꽃이 필 수 있도록 하는 것이다.

4 내집을 파괴한 사람들을 사랑하라

복수를 선택하는 사람은 누구든지 두 개의 무덤을 파야 한다. 중국 속담

기다렸던 휴일이었다. 북아일랜드의 워렌 포인트 근처에 있는 작은 트레일러 집 안에서 모처럼 긴장을 풀며 쉬고 있던 브리디와 미크 맥골드릭 부부는 뉴스를 보기 위해 텔레비전을 켰다. 그날, 1996년 7월 8일, 러건에서 한 택시 기사가 머리에 총탄을 맞고 숨졌다는 뉴스가 흘러나왔다. 왕당파 군사조직원들은 자신들이 범인이라고 주장했다. 그들은 드럼크리라는 작은 교구에서 행진 경로를 두고 가톨릭 교도들과 벌였던 다툼에 자극을 받아 택시를 불렀다. 그들은 택시 기사들 대부분이 자신들의 주요 표적인 가톨릭 교도일거라고 생각했다.

브리디와 미크 부부는 뉴스를 보면서 대수롭지 않게 여겼다. 아들이 러건에서 택시기사를 하고 있었지만 가족 중에 누군가가 사건에 관련이 있었다면 벌써 연락이 왔을 거라고 생각했다. 그러나 곧이어 뉴스는 사건의 자세한 정보를 알려줬다. "러건의 택시 기사는 30대 초반으로 결혼을 해서 아이가 한 명 있으며 곧 태어날 둘째 아이를 기다리고 있었습니다." 미크와 브리디는 서로를 쳐다봤다. 곧 결정적인 얘기가 흘러나왔다. "택시 기사는 지난 금요일 벨파스트의 퀸 대학을 졸업했습니다."

죽은 사람은 그들의 아들 마이클 맥골드릭이라는 사실을 알게 됐다. 미크는 그때를 이렇게 회상한다.

우리 둘은 밖으로 나갔다. 나는 무릎을 꿇고 주먹으로 땅을 쳤다. 하늘을 쳐다보고 외쳤다. "십자가에 걸린 것쯤은 우리가 지금 겪고 있는 것에 비하면 아무것도 아니야." 나는 아내를 불렀다. "브리디, 앞으로 우리는 절대 웃지 않을 거야." 마이클은 하나밖에 없는 우리의 아들이었다. 우리의 전부였다. 우리 가족은 병원에 도착해 살해당한 사람이 정말 우리 아들이라는 것을 확인했다. 집으로 돌아온 그날 밤 우리는 모두에게 집을 나가달라고 부탁을 했다. 브리디와 나는 목숨을 끊기로 결심했기 때문이다. 집안을 정리하고 샤워를 한 다음에 잠옷으로 갈아입었다.

무언가 먹을 것을 찾기 위해 부엌으로 갔다. 빈속에 약을 먹고 싶지는 않았다. 친구들과 친척들이 냉장고 안에 햄, 칠면조, 닭, 치즈를 가득 채워놨다. 하지만 버터는 없었다. 그래서 빵 두 조각을 꺼내 햄을 구운 다음에 버터 없는 샌드위치를 만들었다. 거실로 돌아와 긴 의자에 앉아있는 브리디 옆에 앉았다. 샌드위치를 한 입 물었는데 입천장에 붙어 떨어지지 않았다. 고개를 돌려 브리디를 봤다. 입 천정에 붙은 빵을 떼어내려고 하고 있는 나 자신을 보며 생각했다. '우리 둘 웃긴 거 아니야?' 자살 계획을 포기했다.

다음 날 우리는 마이클의 빈소에서 밤을 새웠다. 우리가 제일 힘든 일로 문제를 겪고 있다고 생각했다. 스스로 자기 목숨을 끊은 열일곱 살 소녀의 어머니를 만나기 전까지는 그랬다. 우리보다 더 큰 괴로움을 겪는 사람은 그 여자였다. 경찰이 불러서 갔을 때 한 조사관이 했던 말이 생각난다. "맥골드릭 씨, 이 일은 아버지가 겪을 수 있는 일 중에 최악입니다." 난 이렇게 말 했다. "아니오. 그렇지 않아요. 내게 일어날 수 있는 최악은 내 아들이 집에 와서 택시 기사를 살해했다고 말하는 거요." 정말 그랬다.

목요일은 마이클을 땅에 묻는 날이었다. 관 뚜껑을 닫기 전에 어떤 사람이 내게 물었다. "아들에게 마지막으로 할 얘기가 있나요?" 난 "예."라고 대답 했다. 계단을 걸어 아들이 누워 있는 위층으로 올라갔다. 마이클의 손을 잡고 말했다. "잘 가, 아들아. 하늘에서 만나자." 그러자 갑자기 큰 힘이 다가와서 내게 힘을 주는 느낌이 들었다. 그때는 그것이 뭔지 몰랐지만 이제는 안다. 어떤 사람이 "관을 들 힘이 없겠군요"라고 했지만 난 "아니오. 할 수 있습니다. 내 아들의 마지막 여행을 위해 내가 관을 들겠소"라고 말했다.

이 나라에서 늘 그렇듯 방송국 카메라들이 묘지 옆에서 기다리고 있다는 것을 알았기 때문에 나는 메시지를 주고 싶어졌다. 종이쪽지에 '내 아들과 함께 당신의 자만도 땅에 묻어라'고 쓰고 그 아래에 '그들을 용서하라'고 덧붙였다. 그리고 내 아들의 무덤가에서 카메라에 대고 말했다. "난 그 사람들을 용서합니다. 우리 가족은 그들을 용서합니다."

그것은 정말 간단했다. 아들을 잃은 고통은 너무나 큰 것이었지만 브리디와 나는 용서를 해야 한다는 것을 알았다. 자살할 생각을 접고 계속 살기로 결심한 뒤에는 그것이 유일한 선택이라는 것을 알게 됐다. 그렇게 하지 못했다면 우리는 비통한 심정으로 다 고갈되어 버렸을 거다.

마이클이 살해당하기 전까지 나는 교회를 가는 사람이 아니었다. 미사에 가기는 했지만 오직 아내를 행복하게 해 주기 위해서 그랬다. 그러나 마이클이 죽고 나서 내 인생은 변했다. 하나님이 가까이 느껴졌고 난 그대로 반응을 했다. 그 친밀한 느낌은 나를 떠나지 않았고 그것은 하루를 살게 하는 힘이 됐다. 내 아들을 죽인 사람을 용서한 다음에 내 인생은 백팔십도 달라졌다.

부인 브리디 역시 아주 고통스러웠지만 분노가 자신을 압도하는 것은 거부했다. 처음의 공포는 브리디에게 현기증나는 질문을 남겼다. '왜 누가 내 아이를 죽여야 했는가?' 브리디는 이렇게 회상한다.

마이클은 북아일랜드에서 태어나지도 않았다. 나같이 스코틀랜드 사람이었다. 그건 그 아이의 억양을 들으면 바로 알 수 있다. 자식을 잃은 어머니만이 내가 겪은 고통을 이해할 수 있다. 난 나와 상관없는 곳에서 일어나는 사건들만 구경하면서 그것과는 전혀 다른 세상에서 살았다.
나는 수없이 눈물을 흘리고 슬픔을 겪은 끝에 용서할 수 있는 힘을 얻었다. 미사에 갈 준비를 하던 어느 날 아침 갑자기 울음이 터진 일이 생각난다. 미크에게 물었다. "내가 당신 아이를 충분히 사랑하지 않았나봐." "무슨 말이야?" 남편이 물었다. "미크, 왜 내게 마이클을 죽인 사람들에 대한 분노와 증오가 더 이상 없는 거지?" "글쎄 브리디, 나도 몰라. 그건 하나님의 선물이야." 주기도문을 그대로 실천해야 한다고 생각했다. '우리가 우리에게 죄 지은 자를 용서하듯이 우리의 죄를 용서하소서.'

마이클은 사람들로부터 사랑받고 호감받는 삶을 살다가 갔다. 그런데 지금 내가 분노나 증오를 꺼낸다면 그런 내 아들을 파괴하고, 그 아이를 사랑하는 마음을 파괴하는 것이다. 난 그런 사랑은 잘못이라고 말하고 싶다.

미크와 브리디는 지금 유나이트 크리스천 에이드United Christian Aid라는 단체를 운영하는 일에 힘을 쏟고 있다. 이 단체는 옷과 생활 용품을 수집, 분류, 포장해서 루마니아의 도움이 필요한 사람들에게 보내는 구호단체이다. 부부는 대부분 고아인 루마니아의 아이들 얼굴에서 아들의 얼굴을 발견한다. 이 구호단체는 주로 루마니아에 도움이 절실하게 필요한 사람들을 돕지만 그 이상의 일도 한다. 북아일랜드의 사람들에게도 여러 가지 도움을 준다. 사람들은 나눔을 통해 자신들보다 더 절박하게 도움이 필요한 사람들이 많다는 것을 실감한다. 미크와 브리디는 가톨릭교와 개신교가 종파의 차이를 넘어 우정을 형성하는 것을 봐왔다.

마이클이 죽기 전에 자신들이 사는 가톨릭교 거주 지역을 벗어나는 모험은 거의 하지 않았다. 그러나 지금 두 사람이 가지 않는 지역은 없다. 두 사람은 모임에서 자신들의 이야기를 해 달라는 부탁을 자주 받는데 그럴 때면 꼭 용서에 대해 이야기한다.

이 나라에는 끔직한 종파주의가 너무 많이 존재한다. 가톨릭교와 개신교가 분열하고 서로 다투고 있다. 모두 자기들은 기독교인이라고 말한다. 그러나 만약 당신이 화성에서 온 사람이었다면 어리둥절해 할 것이다. 미디어에서는 사람들이 서로 싸운다는 얘기들뿐이다. 용서와 선량함을 보도하는 모습은 찾아볼 수 없다. 두 종파가 함께 기도하는 모습은 보도하지 않는다. 하지만 그것은 실제로 일어나고 있으며, 점점 더 많은 사람들이 참여하고 있다.

만약 북아일랜드 문제를 제 3세계나 동유럽의 절실함과 비교해보면 그렇게 절박하지 않을 수도 있다. 그러나 우리가 가진 것을 불행한 사람들과 함께 나누는 것보다 북아일랜드 사람들을 서로 가깝게 할 수 있는 방법이 어디 있을까? 이것이 우리가 이 자선단체에서 하고 싶은 일이다. 어떤 일이 있더라도 멈추지 않을 것이다.

만약 정치인들이 평화를 애기하고 싶다면 괜찮다. 그러나 평화는 말로만 만들어지는 것이 아니다. 행동을 해야 한다. 난 지금도 자기 가슴 속의 평화를 찾은 사람만이 평화를 애기할 수 있다고 믿는다. 그렇지 않으면 아무것도 모르면서 말하는 꼴이 될 것이다. 자기 가슴 속의 평화를 경험할 때만 평화를 말 할 수 있다. 난 평화를 말 할 수 있다. 그것이 무엇인지 알기 때문이다. 평화는 우리가 용서할 때 그리고 용서 받을 때 온다.

많은 사람들이 직접 살인 문제를 겪는 것은 아니다. 우리가 괴로워하고 있는 문제들을 다른 것들과 비교해보면 우스꽝스러울 때도 있다. 우리는 여전히 용서하기를 힘들어 한다. 특별히 우리의 분노가 오랜 시간 동안 자라났다면 그 뿌리를 뽑는 데는 시간과 노력이 들 것이다. 상처는 진짜이든 상상이든 상관없이 우리가 상처를 품고 있는 동안 계속 우리 자신을 갉아먹는다.

사람이라는 존재는 모든 사람 안에 있는 선량함을 잘 보지 못한다. 가장 가까운 사람들 사이의 관계도 때로는 시시한 불평 때문에 이곳저곳에 구름이 낀다. 다른 사람들과 진정한 평화를 이루기 위해서는 노력이 필요하다. 그러기 위해서는 때때로 포기하고, 그대로 내버려 두거나 아니면 침묵이 필요하다. 어떤 사람에게는 솔직해지려는 의지나 직접 부딪치거나 발언하는 용기가 요구된다. 그러나 늘 변하지 않는 것이 있다. 만약 관계 안에서 평화를 원한다면 용서하고 다시 용서할 준비가 되어 있어야 한다.

1988년 이스라엘을 방문했을 때 나는 처음으로 엘리아스 차코르를 만났다. 노벨 평화상 후보에 오른 적이 있는 이 팔레스타인 신부는 자기 고국의 화해와 평화를 위해 끊임없이 노력한 일로 세상에 잘 알려져 있다. 그가 인생에서 겪은 일을 생각하면 마음에 쓴 뿌리를 품을만하다고 말 할 수도 있다. 1947년, 그가 살고 있던 마을이 파괴됐고 주민들은 쫓겨났다. 엘리아스는 몇 번이나 투옥됐고 여러 해 동안 이스라엘 정부로부터 거친 대접을 받았다. 하지만 이 '나라 없는 남자'는 내가 본 사람들 중에 가장 따뜻한 가슴을 지닌 사람으로, 다른 이들에 대한 연민으로 가득한 사람으로 남아있다. 용서를 그는 이렇게 말한다.

왜 내 집을 파괴한 사람들을 사랑해야 하냐고? 왜 나를 고문한 사람들을 사랑해야 하냐고? 적을 사랑하는 일은 분명 어려운 일이다. 내가 나를 박해하는 사람들을 사랑하라고 부름을 받았다면, 무슨 일이 있어도 상대방이 내 얼굴에서 자신의 존엄성을 발견할 수 있어야 한다. 이것은 당신이 적에게 항복하는 것이 아니라 용기를 내서 당신을 고문한 사람에게 이렇게 말하는 것이다. '당신은 나를 이토록 많이 아프게 했지만 당신을 용서합니다.' 짓밟힌 사람에게 먼저 가면 안 된다. 가해자에게 먼저 가서 발밑에 있는 사람을 풀어주라고 말해야 한다. 그래서 발밑에 있던 사람이 일어나 '내 형제여, 당신을 용서합니다'라고 말할 수 있도록.

용서는 일을 공정하게 하거나 잘못을 변명하는 것과는 상관이 없다. 어쩌면 용서할 수 없는 자를 용서한다는 의미일 것이다.(역설적이게도, 인생에서 최악의 일로 고통받은 사람들은 대부분 용서할 준비가 되어 있다.) 우리가 누군가를 용서할 때는 과거의 잘못을 마치 아무 일 없었던 듯이 털어버린다. 우리가 누군가를 용서할 때에는 아무리 상처를 붙들고 있을 충분한 이유가 있더라도 그것을 내려놓는다. 우리는 복수를 꿈꾸는 것을 거부한다. 우리의 용서가 언제나 받아들여지는 것은 아니지만 화해의 손을 내미는 행동은 우리를 화와 분노로부터 구해줄 것이다. 상처를 받더라도 남을 용서하는 마음은 우리에게 상처를 준 사람에게 하고 싶은 채찍질을 막아준다. 그러한 마음은 또다시 상처를 받게 된다 해도 용서하려는 결심을 더 강하게 해준다.

상처를 삼켜야 한다는 말이 아니다. 반대로 자신의 화를 잊기 위해 상처를 무의식의 밑바닥으로 가라앉히려는 사람은 자신을 절름거리게 만든다. 상처를 용서할 수 있기 전에 우리는 상처를 바로 봐야 한다. 물론 우리가 용서 못할 사람과 대면하는 일이 불가능하거나 가능하더라도 도움이 되지 않을 때가 있다. 그럴 때 최선은 신뢰하는 사람과 고통을 함께 나누는 것이다. 그런 다음 상처를 내려놓아야 한다. 그렇지 않으면 우리는 아마 평생 떨어지지 않을 사과를 기다리며 화를 풀지 못한 채로 지내게 될 것이다.

누구나 한 번 정도는 상처를 입고 그리고 다른 사람에게 상처를 주기도 한다. 우리 모두가 용서해야 하는 것처럼 우리 모두는 용서를 받아야 한다. 용서 없이는 평화를 얻을 수 없다. 우리는 스스로를 '좋은' 사람이라고 생각하고 싶을 수도 있겠지만 완벽한 사람은 아무도 없다. 성 프란체스코 수도회의 안젤로 수사의 이야기는 이 문제를 아주 잘 묘사한다.

성탄절 전날 안젤로 수사는 미사를 준비하기 위해서 작은 산
장을 청소하고 장식했다. 그는 기도문을 외우면서 난로 앞을
쓸고 불 위에 주전자를 올려놓은 다음 등을 기대고 앉아 그날
오기로 되어 있는 성 프란체스코를 기다렸다. 바로 그때 세 명
의 무법자들이 음식을 구걸하기 위해 문 앞에 나타났다. 놀라
고 화가 난 수사 안젤로는 그들을 꾸짖어 빈손으로 보내면서
도둑은 지옥 불에 떨어진다고 경고했다.

그 뒤에 도착한 프란체스코는 무언가 잘못됐다는 것을 바로
느낄 수 있었다. 수사 안젤로는 일어났던 일을 얘기했고 프란
체스코는 그에게 포도주와 빵을 가지고 산에 올라가 그 사람
들을 찾아 용서를 구하라고 했다. 안젤로 수사는 기분이 좋지
않았다. 프란체스코와 달리 그에게는 그 거친 사람들이 형제
들이 아니라 무법자들로만 보였기 때문이다. 하지만 그는 순
종하고 해질녘에 눈 위로 난 발자국을 따라 그 사람들을 찾아
내서 용서를 구했다. 그 뒤에 그 사람들은 동굴을 떠나 수도
회의 일원이 됐다고 한다.

5 솔직해지기

가장 어려운 것은 자신을 바로 보는 일이다. '혁명'이나 '민중에게 권
력을'이라고 외치기는 쉬워도 자기 속을 보면서 자기 안에 뭐가 진짜
이고 뭐가 가짜인지 구분하기는 어렵다. 자기 자신의 눈마저 속이려
고 한다면 그것이야말로 힘든 일이다. 존 레논

마음의 평화를 위해 가장 필요한 것을 고
르라면 난 아마 솔직함이라고 대답할 것이다. 보편적 의미의
참됨, 자신의 상황에 대한 성찰, 사실대로 말할 수 있는 능력,
용기를 내어 털어놓고 말하기, 또는 다른 사람 앞에서 실패
를 인정하려는 의지는 평화의 기본 전제이다. 마지막 숨을 거
둘 때까지도 우리는 평화를 찾기 위한 투쟁을 계속해야 한다.
그러나 자신을 진실의 빛 아래 숨김없이 드러낼 의지가 없다
면 평화는 절대 오지 않는다. 위선은 평화의 가장 큰 걸림돌
이다. 위선은 평화를 찾기 위해 딛고 설 한 뼘 땅마저도 삼켜
버리기 때문이다.

토머스 머튼은 이렇게 제안했다. "지금 생각하는 우리 자신이 사실은 사기꾼이나 낯선 사람임을 잊지 말아야 한다. 끊임없이 우리의 속셈이 무엇인지 속임수를 꿰뚫어 봐야 한다." 그렇지 못하고 자신이 누구인지 발견하기란 불가능하다. 셰익스피어도 그것을 알고 있었다.

가장 중요한 것은 이것이다: 자기에게 솔직해지기
그리고 밤이 지나 아침이 오듯이,
그 누구도 속일 수 없게 된다.

물론 이는 말처럼 쉽지 않다. 내 친구 쟈넷은 젊었을 때 여러 해 동안 노동 운동 단체와 정치 조직, 대학 조직과 협동조합, 그리고 지역 사회에서 활동하면서 평화를 찾으려고 했지만 정작 자기 안에 있는 긴장을 돌보는 일은 소홀히 했다. 쟈넷이 자기 탐색의 열매를 맺을 수 있었던 것은 많은 사람들이 그랬듯이 자기 삶의 참모습을 깊이, 그리고 정직하게 볼 수 있을 때였다.

평화를 얻기 위한 첫발은 자신을 제대로 인식하는 것이다. 그렇지만 그것만으로는 평화를 얻거나 성취감을 느끼기는커녕 자신에 대한 병적인 신경과민의 소용돌이에 빠져 오히려 평화로부터 멀어질 수도 있다. 그렇게 되면 삶은 위선적이며 배우의 연기처럼 된다. '좋은 사람'처럼 보이려고 물불을 가리지 않는 사람들은 이런 위험에 빠질 염려가 크다.

우리는 가끔 가면을 쓰고 화려한 빛 아래서 사람들 앞에 서 보고 싶어 한다. 고대 그리스의 극장에서 연기자들은 인물의 특징을 표현하기 위해 가면을 썼다. 가면을 바꿔 쓰면서 연기자들은 재빨리 다른 역할로 옮겨갈 수 있었다. 사실 영어로 연기자 'actor'와 위선 'hypocrite'는 같은 그리스 어원에서 나온 말들이다. 우리 모두 그렇게 때때로 가면을 쓴다. 우리는 모두 한 번쯤은 위선을 부린다.

우리 자신이 정말 누구인지 발견한다함은 지금까지 피했던 문제를 바로 보는 것을 의미한다. 불행히도 많은 사람들은 첫발을 내딛는 사람이 아니라 두 번째 발을 내딛는 사람이 되려고 한다. 변화가 요구하는 것들을 두려워하기 때문이다. 우리는 자기만족과 편안함을 포기하고 싶지 않기 때문에 모든 일이 잘 되어가고 있다고 스스로를 설득하려고 한다. 진정한 내면의 상태를 완전히 깨어서 인식하고 살면 얼마나 깊고 위대한 평화를 누릴 수 있을까!

아흔을 넘긴 실비아는 2차 세계 대전이 터지기 전까지 런던에서 미래가 밝은 음악가의 길을 가고 있었다. 젊었을 때는 자기 세대의 다른 많은 사람들처럼 열정적인 좌파 이상주의자로서 평화 운동에 헌신적으로 참여했다. 그러나 많은 '평화주의자'들의 모순된 모습에 실망한 실비아는 다른 길을 찾기 시작했다. 그들은 살인에는 반대하지만 사회의 불의에는 또 다른 태도를 보였다.

남편 레이몬드와 나는 친구들과 정기적으로 만나서 토론을 했다. 우리는 인간적인 생각 - 전쟁, 평화, 정치, 전통적인 도덕과 자유, 사랑 - 의 미로 속에서 헤매고 또 헤맸지만 평화롭거나 정의로운 사회에는 가까이 가지 못했다.

나중에 아주 힘들게 첫아이를 낳으면서 실비아는 문득 자기 자신의 삶 속에 자기가 사회에서 싸워왔던 문제와 똑같은 것이 흔적처럼 남아 있다는 사실을 깨닫게 됐다. 음악 인생의 미래는 밝아 보였지만 결혼 생활은 비틀거렸고 마음은 혼란스러웠다. 거칠게 얘기하면 실비아의 영혼은 바닥이 났다. 그래서 세계의 평화를 위한 기여 이전에 자기 삶을 정직하게 바라보고 자기 자신, 그리고 다른 사람들과의 평화를 찾기로 결심했다.

모순과 사는 것은 습관이 될 수 있다. 그것에 익숙해지면 우리는 곧 불성실해지고, 자신을 노골적으로 속이게 된다. 그 거짓을 벗겨내기 위해서는, 그리고 지금까지 속여 온 자신과 다른 사람에게 다시 정직해지기 위해서는 아주 힘든 노력이 필요하다. 내 아버지는 이렇게 말한 적이 있다. "완전한 평화는 완전한 정직을 요구한다. 솔직해지자. 우리 마음에 진실이 없다면 다른 사람들과 평화롭게 살 수 없다."

격변의 시대를 살았던 사람들과 나눴던 대화를 생각해보면 진실과 거짓 사이의 전투는 언제나 힘들다고 말할 수 있다. 특히 내면의 평화를 위해 '정직'이라는 '지나치게 비싼 값'을 치루기에는 너무 부당하다고 착각하고 있다면 더 그렇다. 그런 사람은 처음부터 싸움을 피하려고 할지도 모른다. 자신들이 거짓으로 살아왔다는 사실을 깨닫지 못하고 있기 때문이다.

《까리마조프의 형제들》에서 러시아의 위대한 작가 도스토프예스키는 그런 인물을 잘 묘사했다. 노인 피도르 파블로비치는 조시마 신부를 조롱하면서 영원한 생명을 얻으려면 어떻게 해야 하는지를 묻는다. 신부는 생명을 잃을 함정에 빠지지 말라며 자신의 지혜를 들려준다.

자신을 절대 속이지 마시오. 자신을 속이면 옆에 있는 진실을

볼 수 없게 만드는 거짓말을 자신에게 하며 그것을 듣는 사람
은 자신과 다른 사람을 존경하는 마음을 잃게 되지. 존경심을
잃게 되면 사랑하기를 멈추게 되고 사랑 없이 자신의 마음을
채우고 주의를 뺏기 위해 욕정과 싸구려 쾌락에 길을 내어주
고 부도덕한 수렁에 빠지고 만다오. 자신을 속이는 사람은 다
른 누구보다도 더 쉽게 불쾌해지지. 아무도 모욕을 주지 않는
게 분명한 데도 자신에 대한 모욕을 만들어 내고, 그걸 그럴
싸하게 보일려고 거짓말과 과장을 하지. 작은 흙 두둑을 마치
산처럼 말한단 말이지. 먼저 공격하는 것도 자기 자신이고 큰
쾌락을 느낄 때까지 분노를 즐기는 것도 자기라는 걸 잘 알면
서 진짜 복수심을 키워간다오.

내가 정말 마음의 평화를 찾겠다고 결심한다면 길은 언제
나 찾을 수 있다. 그것은 나 역시 약하고, 실패도 하고 잘못된
행동을 할 수 있다는 것을 다른 사람들에게 인정하는 것이다.
일단 나 자신의 진짜 인격과 남들에게 보여주기 위한 인격 사
이의 불화를 인정하고 나면 고통을 느낄 것이다. 둘 사이가
화해할 수 있을 때까지 고통은 계속된다. 아무리 길을 바꾸
고 잘못된 과거로부터 돌아선다고 해도 타인에게 비밀스러
운 짐을 나눌 수 없다면 진정한 평화는 경험할 수 없다.

앤은 행복과 평화를 찾기 위해 자신을 있는 그대로 바라볼 수 있을 때까지 몇 년 동안 탐색을 계속했다.

난 여자가 원하는 모두 것을 갖고 있었다. 사랑스러운 남편, 아름다운 네 명의 아이들, 경제적 안정 그리고 우리 이름의 집. 하지만 나는 속으로 울고 있었다. "난 '아무것도' 필요 없어. 좋은 배우자와 아이들, 편안한 집, 풍요 말고도 인생에는 뭔가 더 있을 거라고." 점점 더 절망했고 겁이 났다. 왜 그렇게 불행하게 됐을까?

나는 겉에서 보기에는 아주 괜찮아 보이는 가정에서 자라났다. 아버지와 어머니는 열심히 일했다. 아버지는 공장 노동자였고 어머니는 주부였다. 사람들은 우리를 좋게 생각했지만 우리가 오래 전부터 지옥 속에서 죽어가고 있었다는 것을 알지 못했다.

예를 들어 나는 여섯 살 되던 해부터 오빠한테 삼 년 동안 성폭행을 당했다는 것을 아는 사람은 아무도 없었다. 아무도 불안정했던 십대의 여동생이 아버지한테 당신이 아이를 감당 못한다는 이유만으로 그리고 당신 성질을 나쁘게 만든다는 이유만으로 가족 모두 앞에서 매를 맞는다는 것을 몰랐다. 아무도 우유를 엎지르듯 별일 아닌 일만으로도 아버지를 두 시간 동안 화나게 만들 수 있다는 것을 몰랐다.

'실수를 해서 아버지를 화나게 하면 어떻게 하지?' 우리는 공포 속에서 살았다. 아버지는 일을 마치고 집에 돌아왔을 때마다 그리고 거의 주말마다 맥주를 여섯 캔 이상 마셨다. 아버지가 참을성을 잃을 때면, 폭력은 일주일에도 몇 번씩 일어났다. 엄마를 포함한 우리는 그냥 앉아서 조용히 당하는 것밖에는 할 수 있는 일이 별로 없었다. 아버지는 저녁 시간 내내 긴 열변을 토하면서 엄마를 더럽고 불결하다고 하면서 탁자를 주먹으로 내리쳤다.

그러고도 종종 한밤중에 아버지 고함소리가 들렸다. 엄마가 '성관계'에 별로 관심이 없었기 때문이다. 우리 아이들은 방으로 달려가서 베개에 머리를 묻거나, 집을 나가서 친구들과 함께 있거나, TV의 볼륨을 높였다. 우리는 겁을 먹었고, 갈피를 못 잡았고, 혼란스러웠다. 그리고 아버지가 화를 내면 귀를 막는 일밖에는 아무것도 할 수 없었다.

내가 고통에서 탈출하기 위해 할 수 있는 일은 노래 부르기였다. 자주 노래를 불렀다. 내가 노래를 너무 불러서 형제들이 귀찮아했다. 난 그때 내 노래가 불안의 배출구였다는 것을 알지 못했다. 난 사랑받지 못한다고 느꼈고 사랑 받고 싶어했다. 난 생각했다. '만약 내가 좋은 아이고 행동을 잘한다면, 만약 우리 가족에 평화가 있다면 나도 행복할 텐데.' 좀 더 커서는 아무것도 제대로 할 수 없게 됐고 나는 별 가치가 없는 사람이라고 느끼게 됐다. 십대에 모든 것들이 틀어졌고 어느 것 하나 정상인 게 없었다. 더 나쁜 것은 내 어린 시절의 궁핍, 사춘기의 비행 …… 이 모든 게 감춰져 있었다.

나는 겉으로는 정상이었고, 단정했고, 심지어는 종교적인 젊은 여자였지만 속은 혼란과 어둠에 빠져 있었다. 내 삶은 거짓말 덩어리였다. 결혼을 하면 모든 문제가 저절로 해결될 거라고 생각했지만 새로운 문제가 계속 이어졌다. 내 어린 시절이나 젊은 시절과 마찬가지로 내 결혼 생활은 먼발치에서는 좋아 보였지만 사실은 엉망진창이었다.

내가 어린 소녀 때 겪은 절망은 나로 하여금 도움을 구하는 기도를 하게 만들었다. 하나님이 뭘 해주기를 바라는 것은 아니었다. 그분이 날 사랑한다고 생각하지는 않았다. 나는 나쁜 아이였고 하나님은 나 같은 사람은 사랑하지 않는다고 굳게 믿고 있었다. 더 사랑 받고 돌봄을 받고 싶을수록 난 더 거칠게 자랐고 사랑을 받아들이는 능력을 잃어갔다.

결혼을 했고 아이들이 자라났지만 난 여전히 평화가 없다. 오래전부터 자기 의심과 자기 중오가 뭔지 알았고, 그 느낌을 다른 사람들에게 투사하기 시작했다. 세상 전체가 미워졌다. 화가 났고 거부당했고 아무짝에 쓸모없는 것처럼 느꼈다. 정서적인 조난상태였다.

무엇보다도 나는 과거의 고통에서 자유로워져야 했지만 그것을 잘못된 곳에서 찾으려고 했다. 나는 한 곳에서 찾다가 절망스러운 고통을 느끼면 다른 곳으로 가서 다시 찾기 시작했다. 그러면서 사랑 받기를 원했다. 남편 밥에게서 사랑을 찾으려고 했지만 난 그가 적당하지 않다고 생각했다. 친구들에게서 찾아보려고 했지만 친구들도 맞지 않았다. 하나님에게서 찾으려고도 했다. 그러나 웬일인지 사랑은 내가 잡을 수 없게 멀리 머물러 있었다. 사랑을 느끼거나 경험할 수가 없었다.

그러고 나서 몇 년 전 일종의 피정기간 동안 밥과 나는 우리 삶의 여정을 돌아보려고 했다. 그것은 회복의 과정이었지만 아주 고통스러웠다. 왜냐하면 우리의 결혼이 엉망이었음을 인식하는 것이었기 때문이다. 우리는 한 번만이라도 서로를 솔직히 바라보는 게 필요하다는 것을 깨달았다.

그 어려운 시간 동안 나는 평화를 발견했다. 하지만 먼저 내가 철저히 자기중심적이고 이기적인 행복에만 열심인 사람이라는 것을 겸손하게 인정해야 했다. 그리고 나아가 남편은 나에게 잘못을 했고, 내가 그렇게 간절히 필요로 했던 사랑을 줄 수 없는 사람이라고 생각하며 아주 미워했음을 알았다. 정말 밥은 여러 면에서 내게 잘못한 것이 사실이지만 그때서야 내가 감정적인 거머리였음을 알게 됐다. 몇 년 동안 난 그이가 가진 사랑을 빨아먹었고 그이를 퇴보하게 했다. 간단히 말해서 문제는 나였다. 마침내 자기 집착이 내 불행의 가장 중요한 원인이었다는 것을 받아들이게 됐다.

내가 어렸을 때 그랬던 것처럼 하나님에게 도와달라고 했다. 그분이 도와줄 거라고 믿었다. 갑자기 나 자신에게 미안해하고 다른 사람들이 내게 준 상처를 걱정하는 대신 내가 다른 사람들에게 상처를 준 일을 후회하기 시작했다. 내 인생에서 처음으로 내게 상처를 줬던 사람들, 특별히 아버지를 용서해주고 싶은 마음까지 생겼다. 나는 하나님에 대해서도 양심의 가책을 느꼈다. 그리고 그 결과 그분의 사랑을 느꼈다. 난 받아들여졌고 용서를 받았다.

밥과 앤은 여러 가지 일들에 대해 대화를 나누면서 처음으로 서로를 다르게 바라보게 됐다. 그리고 자신들의 결혼을 비참하게 만든 모든 것을 용서하게 됐다. 그리고 앞으로 나아갔다. 앤은 계속 말했다.

내가 늘 평화를 느끼는 건 아니다. 나는 지금도 때때로 불안과 싸우거나 오래된 걱정, 공포에 빠지기도 한다. 난 여전히 진정한 자신의 모습을 찾기 위해 노력해야 한다. 다른 사람들의 마음에 들려고 하거나 그들의 동의를 얻으려는 유혹과 싸워야 한다. 그렇지만 다른 사람들을 위해서 하는 일에서 성취감을 느낀다. 무슨 일을 하는지는 중요하지 않다. 어떤 날은 다른 집 아이를 돌보거나 집을 보면서 행복을 느낀다. 어떤 날에는 다른 사람을 위해 음식을 준비하거나 빨래를 하면서 행복을 느낀다. 노인을 돌볼 때면 언제나 감사하게 된다.

아직도 분명 상처를 갖고 있지만 이제는 있는 그대로 받아들인다. 나 자신에게 집중하는 대신 다른 사람을 돕는 일에 힘을 집중할 수 있게 되면서 자신만을 쫓던 때에는 절대 발견할 수 없었던 선물을 받았다. 그것은 순수한 기쁨이다.

자신의 참모습을 드러내는 것은, 특별히 사랑하고 신뢰하는 사람에게는 언제나 고통스러운 일이다. 그러나 다른 길은 없다. 평화를 찾고 싶다면 우리는 값비싼 대가를 치를 준비가 되어 있어야 한다. 값싼 평화를 찾는 것은 도깨비불을 쫓는 것이다. 바보 같고 소모적인 일이다.

고집이나 거짓, 자만, 아집 또는 회피 때문에 평화를 잠시 잃을 수 있다. 그렇지만 우리 자신을 '있는 그대로' 정직하

게 볼 수만 있으면 평화를 위한 일에 다시 집중하기는 어렵
지 않다.

6 믿음 뒤에 평화가 온다

의사를 믿고 조용히 그리고 평온하게, 그가 준 치료약을 마신다. 그의 손은 크고 거칠지만, 보이지 않는 부드러운 손에 인도되기 때문이다. 그가 주는 잔에 당신의 입술은 타지만, 그 잔은 토기장이의 신성한 눈물로 적신 흙으로 빚어졌기 때문이다. 칼릴 지브란

우리는 어렸을 때부터 누군가를 믿는 것은 위험이 따른다고 배우는데, 이는 어느 정도 진실이다. 신뢰를 한다는 말은 다른 사람에게 '신사도'(紳士道benefit of the doubt확실히 의심할 만한 증거 없이는 그 사람을 믿는다는 뜻임-옮긴이)를 지킨다는 뜻이다. 신뢰 때문에 받아야 하는 상처를 각오해야 한다. 그러나 어릴 때부터 자신을 보호하기 위해 불신을 배운다면 어른이 되었을 때 자신을 파멸로 몰아갈 수도 있다. 위험을 피해 타인을 멀리하면 치명적인 소외를 낳을 수도 있다. 신뢰 없이는 나눔도 사랑도 없기 때문이다.

신뢰란 많은 사람들이 생각하는 것처럼 약한 의지의 표현

이나 소박한 행동이 아니다. 신뢰 한다고 해서 아무런 잘못도 없다는 듯이 모든 것을 있는 그대로 받아들이면서 평온하고 행복하게 인생을 살 수 있는 건 아니다. 그런 '신뢰'는 요즘 같은 때에는 자살행위가 될 것이다. 하지만 걱정, 불신 그리고 의심 역시 죽은 것들이다. 메노나이트Mennonite 교인이며 작가인 대니얼 헤스는 이렇게 적었다.

노동자들이 건강 보험에 가입되어 있다고 해서, 주당 사십 시간 노동이 여가 시간을 준다고 해서, 봉급이 우리들에게 어느 정도의 풍요를 준다고 해서, 그리고 과학이 변덕스러운 자연을 예견하는 능력을 갖춘다고 해서 문제가 해결되지는 않는다. 이 모든 것들이 충족되고 있음에도 불구하고 우리는 불안하다.

사람들은 신경질적인 부산함, 미래에 대한 두려움, 중독에 의한 공황, 약물 부작용으로 생긴 우울, 너무 많은 윗사람들과 너무 많은 헌신들, 그리고 채워지지 않는 욕망들 때문에 늘 팽팽한 위를 부여잡고 손에 땀을 쥐며 살고 있다.

많은 사람들이 관계 때문에 걱정을 하고, 갈등 때문에 스트레스를 받고 배신 때문에 권위를 잃고 있다. 그들은 법률적인 행위, 불공정한 경쟁, 구조조정, 그리고 적대적 기업인수가 주는 인정사정없는 공포 때문에 고통을 받고 있다.

서로 신뢰하지 못하고 배신, 뒷말 그리고 험담을 일삼는 것은 슬픈 일이다. 그것은 어쩔 수 없는 삶의 일부가 되어버렸다. 한때는 사업가였고 지금은 이웃 노인들을 헌신적으로 돌보는 클레어는 이렇게 말한다.

불신은 평화의 가장 큰 걸림돌이다. 우리는 세심하게 우리 자신과 우리가 사랑하는 사람을 방어하려고 하지만 끝에는 의심의 벽을 쌓고 만다. 만약 누군가 우리로부터 이익을 가져가면서 불공정하게 행동한다면 우리는 최악의 상황, 아직 벌어지지 않은 미래의 상황을 가정하고 반발한다. 우리는 신뢰 때문에 받을 수 있는 상처에 대한 각오를 허약하고, 아둔하거나 극단적인 단순함의 표현이라고 말하기도 한다.

신뢰를 거부하면 마치 타인으로부터 자신을 보호하는 것처럼 보일지 모르지만 사실은 그 반대이다. 우리를 가장 안전하게 보호해주고 지속적인 안전을 제공하는 것은 사랑이다. 그런데 사람을 신뢰하지 않고는 사랑을 줄 수도 받을 수도 없다. 우리는 스스로를 타인들과 분리하고 있다.

내가 사는 우드크레스트 공동체에서는 집들이 가깝고 늘 서로의 삶을 가까이에서 보기 때문에 불만, 억측 또는 뒷말에 의해 생길 수 있는 긴장을 안고 산다. 하지만 칠십오 년 전 공동체를 처음 시작할 때부터 우리는 진정한 신뢰와 평화를 유지하기 위해 '터놓고 말하기'라는 약속을 함께 만들었다. 다음은 1920년대에 우리 운동의 첫 세대들이 적어 놓은 것이다.

어떤 경우라도, 공개적이든 암시적이든 어떤 사람을 또는 그 사람의 개인적인 성격을 그 사람이 없는 자리에서 험담을 해서는 안 됩니다. 가족 안에서도 예외일 수 없습니다. 당사자에게 직접 하는 열린 말은 우정을 깊게 할 뿐만 아니라 원망을 사지도 않습니다.

엘렌은 이 글을 처음 읽었을 때 그리고 그것을 정말 실천하고 있음을 봤을 때 느꼈던 흥분을 지금도 기억한다.

앞으로는 누가 없는 자리에서 그 사람을 두고 하는 뒷말이 없어질 것임을 알았을 때 마치 내 어깨를 짓누르고 있던 무엇이 떨어지는 것 같았다. 내가 전에 살던 곳에서 뒷말은 사람들이 삶을 사는 방식이었다. 다른 사람들처럼 나도 사람들이 나를 어떻게 생각하고 내가 없는 곳에서 어떻게 얘기할지 걱정했다. 그런데 나는 그런 걱정이 얼마나 괴로운 것이고, 얼마나 오랫동안 내 삶에 영향을 줄 수 있는지를 잘 몰랐었다. 하지만 그때부터 만약 어떤 사람이 내게서 뭔가 잘못된 것을 느낀다면 내게 다가와 얘기해 줄 거라는 것을 알게 됐다. 마치 새로운 땅 위에 서 있는 기분이었다.

신뢰가 없기 때문에 나와 타인과의 관계가 너무나 쉽게 무너진다. 우리는 결점과 단점이 있는 그대로 받아들여지고, 있는 그대로 사랑받을 것이라고 믿으려 하지 않는다. 그러나 그냥 믿어야 한다. 우리의 삶을 두려움과 불신 때문에 낭비하기보다는 우리를 배신하는 사람들까지 포함해 다른 사람들을 계속 신뢰하는 게 더 낫다.

어떻게 하면 그런 신뢰를 얻을 수 있을까? 거기에는 지름길도, 정도도 없다. 그러나 한 가지는 분명해 보인다. 우리는 자신만의 기준에 맞춰 다른 사람을 신뢰하려고 한다. 다른 사람들에게 일방적으로 수준 높은 가치만을 요구하면서 쉽게 신뢰를 얻을 거라는 생각은 버려야 한다. 인간의 본성은 겸손의 미덕과는 거리가 멀다. 그것은 생존 본능과 반대되기 때문이다. 겸손은 부드러운 몸가짐만을 요구하지 않는다. 겸손은 공격받고, 상처받을 각오를 요구한다. 그렇기 때문에 평화로 가는 디딤돌을 놓기 위한 겸손을 이해하고 받아들이기에는 많은 어려움이 따른다.

겸손을, 그리고 겸손이 신뢰를 쌓는데 어떠한 역할을 하는지 설명할 수 있는 말은 많다. 그러나 무엇보다 중요한 것은 실천이다. 다른 사람에게 마음을 열고 신뢰할 수 있어야 한다. 그 길만이 상처를 감수하려는 태도 속에 감춰진 은총을 발견할 수 있기 때문이다. 오직 나 자신만이 중요한 존재가 아님을 인정해야 한다. 그래야만 자기중심적 생각을 떨쳐버리는 평화를 배우게 된다. 영국의 작가 말콤 머거리지는 이렇게 말했다.

권력은 가장 큰 덫이다. 명령하면서 높아지는 목소리, 무언가를 잡으려고 뻗치는 손, 욕망으로 불타는 눈 …… 이렇듯 권력은 참으로 끔찍한 모습을 갖고 있다. 돈은 나눠주는 것이 더 좋고, 조직은 없애는 것이 좋다. 누군가가 산 정상에서 저 멀리를 바라보듯이 그렇게 저 건너에 있는 영원함을 보지 못하고서는 평화를 절대 찾을 수 없다.

신뢰를 배우기 전까지는 절대로 평화의 지속을 경험할 수 없다. 그리고 겸손을 배우기 전까지는 절대로 신뢰를 배울 수 없다. 우리는 이런 품성이 하루아침에 우리 안에서 꽃피울 거라는 어리석은 기대를 하지만, 평화의 강력한 도구인 이런 품성을 배우려는 노력은 충분한 가치가 있는 일이다.

작가 데일 아우커만은 자기에게 주어진 운명에 충분히 반대할 수 있었다. 그가 여러 해 동안 싸워왔던 암은 언제든지 그를 쓰러뜨릴 수 있었다. 하지만 그는 평화롭다. 그의 평화는 자신이 곧 죽을 것이라는 허약한 체념에 뿌리를 박고 있지 않다. 그는 삶을 여전히 사랑하고, 죽을 때까지 싸울 것이다. 죽음과 가까워지는 것이 그를 무기력하게 하거나 그의 평정심을 빼앗아가지 않는다. 그는 높은 곳에 있는 힘을 신뢰하게 되면 힘과 평정이 지속된다는 것을 깨달았다.

1996년 11월 5일, 나는 왼쪽 폐에 3.5인치의 종양이 있다는 것을 발견했다. 검사 결과 암은 간, 오른쪽 엉덩이 그리고 척추 두 군데까지 퍼져있었다. 두 달에서 여섯 달, 평균을 내면 넉 달을 살 수 있다는 얘기를 들었다. 두 달밖에 살지 못한다는 것을 알게 됐을 때 세상은 놀랍게도 다르게 보였다. 하루하루가 그리고 가까운 사람들이 옛날보다 더 소중해졌다. 매일 아침 날짜를 확인했다. 하나님으로부터 주어진 또 다른 하루였다. 날마다 새롭게 그리고 열심히 내 가족, 내 집, 그리고 자연의 아름다움을 바라보았다. 그렇게 바라볼 수 있는 날도 곧 끝날 것이라는 것도 알았다.

내 여동생 제인이 열네 살 때 치명적인 암으로 숨을 거두었을 때 어머니는 그것이 하나님의 뜻이었다고 생각했다. '하나님이 그 아이를 데려가기로 결정했는데 우리 인간이 어떻게 도전한다는 말인가?' 어떤 사람에게 이런 생각은 위안을 준다. 나는 조금 다르게 생각한다. 난 하나님이 암이나 심장병을 보낸다고 생각하지 않는다. 술 취한 운전기사가 자기 차선을 벗어나 다른 차와 충돌해서 사람들을 죽인다면 그것은 하나님의 뜻이 아니다. 세상에는 하나님이 의도하지 않고 하나님이 원하지 않는 일들이 많이 일어난다.

여섯 차례의 약물 치료, 식이요법, 그리고 친구들의 후원과 많은 기도 덕분에 MRI를 다시 찍었더니 폐에 있던 종양이 사분의 일 크기로 작아져 있었다. 의사들은 기적이라고 말했다.

성인이 된 이후로 나는 평화운동에 많이 참여를 했지만 지난 몇 달처럼 성경의 평화에 관한 구절이 소중히 여겨진 적이 없었다. MRI를 찍으러 들어가며 생각했던 구절은 성 바울이 빌립보 사람들에게 보낸 편지였다. '사람으로서는 감히 생각할

수도 없는 하나님의 평화가 그리스도 예수를 믿는 여러분의
마음과 생각을 지켜 주실 것입니다.'

성 바울이 이해했던 것처럼 평화는 영적인 고요함 그 이상이
다. 그것은 삶의 전일성과 우리를 조각내고 파괴하려는 모든
시도들에 단호히 맞서는 관계들의 산물이다. 그것은 우리가
깊은 어둠을 지날 수 있도록 힘을 주는 선물이다.

7 방향전환

무기를 내려놓고, 항복하고, 미안하다고 말하고, 잘못된 길로 갔음을
인정하고 삶의 밑바닥부터 다시 시작할 준비를 하는 것 – 이 길만이
구덩이에서 빠져나오는 유일한 길이다. C. S. 루이스

1972년, 수에게 평화란 베트남 전쟁이 끝
나는 것이었다. "60년 대에 자라난 나로선 그보다 더 깊은 의
미의 평화란 없다고 생각했다." 미국의 중산층 가족에서 태
어난 수는 물질적인 아쉬움 없이 자랐다. 그러나 십대 말에
수는 절망에 눌려있는 여성이 돼버렸다. 조화로운 삶과 평화
를 갈망했지만 자기 증오와 죄의식에 짓눌려 완전히 고갈된
상태로 마치 삶의 벼랑 끝에 와 있는 것처럼 느껴졌다.

나는 전형적인 문제가정, 중산층이며 지극히 불행한 가정의
아이였다. 아버지는 알코올 중독자였고 나는 아버지의 거친

네 아이들 중에 하나였다. 아홉 살인가 열 살 때부터 나는 성性을 이용하기 시작했다. 이웃 남자 아이가 날 '원한다면' 내가 그 아이를 지배할 수 있다는 것을 알게 된 나는 내 외모를 한껏 이용하기 시작했다. 나는 그런 방식으로 많은 남자 아이들과 어른들을 지배했다. 성관계를 가질 생각은 아니었다. 그저 그들을 통제하고 싶었을 뿐이다.

1968년, 열네 살이었던 나는 언니의 아파트에 갔다가 언니와 형부의 죽음을 목격했다. 해군 남자와 결혼한 지 세 달밖에 안 된 이 아름다운 스물세 살 여자의 삶이 끝나버린 거다. 싸움이었을까? 형부가 정신이 이상해졌던 걸까? 베트남으로 전속가게 될까봐 두려웠나? 죽은 두 사람과 총만이 내 질문에 답하고 있었다 ……

그 뒤로 내 인생은 철저히 혼란에 빠졌다. 분노와 증오, 특히 아버지를 향한 분노로 가득 찬 나는 주말마다 다른 남자와 함께 취하고, 암페타민(중추 신경을 자극하는 각성제-옮긴이), 해시시(대마 잎으로 만든 마취제-옮긴이), 마리화나에 나 자신을 던지기 시작했다. 그때 열일곱 살이었던 나는 성적인 것은 거의 모두 다 해봤다. 그러면서도 역설적이지만 친구 몇 명과 나는 그때 크게 유행했던 평화, 사랑, 전쟁반대운동에 참여했다. 정말이지 1970년대 초에는 이상주의가 대단했다. 그러나 섹스의 이기심은 그런 이상과는 정반대였다.

십 년 동안이나 평화를 찾으려고 투쟁했다. 아무리 힘들게 싸워보고 많은 사람들이 도와주려고도 했지만 스스로 만든 어둠의 감옥을 무너뜨릴 수는 없었다. 그런데 보호막을 내리고 과감하게 내 끔찍한 모습을 다른 이에게 보였을 때 서서히 자유가 보이기 시작했다. 믿을 만한 사람을 찾아가서 어두운 비밀들을 털어놓았다. 그렇게 해서 오랫동안 찾아 헤맸던 평화가 찾아오기 시작했다. 그 후 며칠 동안 내 과거가 눈앞에서 흘러갔다. 내가 탐닉했던 감각, 모습, 말, 생각 그리고 내가 일부러 나쁜 길로 이끌고 상처를 줬던 사람들이 모두 보이는 것 같았다. 내가 신뢰하는 친구를 통해 어두운 비밀들을 빛에 드러내는 일은 고통스러웠지만 기쁜 일이었다. 그녀를 여러 번 찾아가서 모든 것들을 털어 놓았다. 그런 청소를 할 때마다 평화가 내 가슴 속에 차올랐다. 지나간 몇 년이 마치 나에게서 떨어져나가는 것 같았다. 그리고 나는 다시 어린 아이가 된 것 같은 자유를 느꼈다.

난 지금 마흔이 넘었고, 결혼을 해서 아이들이 있다. 하지만 지금이 열아홉 살 때보다 더 젊은 느낌이다. 그리고 만약 누가 오늘 평화가 뭔지 내게 묻는다면 전보다는 더 나은 답을 줄 수 있을 거다.

우리는 모두 처음부터 다시 시작하고 싶어 한다. 그것이 잘못되었다고 할 수는 없다. 문제는 '어떻게?'이다. 겸손해지고 부드러워지고 친절해져야 한다. 하지만 문제는 양심의 가책이라고? 자신의 잘못을 인정하고 진심으로 미안해하는 것이 문제라고? 방향을 바꾸기가 힘들다고? 가혹하게 들릴지 몰라도 그런 것들 없이는 평화도 없다. 한 사람이 자신의 인생에서 잘못을 책임지고 방향을 바꾸면 돌같이 딱딱하던 마음이 진짜 사람의 마음이 되고 모든 생각, 모든 감정이 변화한다. 그 사람의 전체가 변한다.

일단 사과하고 잘못을 바로 잡거나 눈 딱 감고 얼버무리는 일은 너무나도 쉽다. 사람들은 매일 그렇게 한다. 그러나 이런 수단들이 순간적으로 불안한 양심을 달랠 수는 있어도 평화를 지속시키지는 못한다. '당신이 잘못한 건 아무 것도 없어요. 당신의 행동은 지극히 정상이에요. 미안해 할 필요가 없습니다'라고 말하는 심리학자나 정신과 의사들의 전통적인 접근 방식은 지속적인 평화를 주지 못한다. 평화의 지속은 우리가 잘못을 부인해서는 얻을 수 없다. 잘못을 솔직하고 정직하게 바라볼 때만 찾을 수 있다.

방향전환은 자신을 고문하는 것을 의미하지 않는다. 자기 중심적인 걱정과 우울을 의미하지도 않는다. 만일 정말 그렇다면 그 과정은 고통스러울 것이다. 제럴드는 마음의 평화를 여러 해 동안 찾아봤지만 실패했다. 자신의 잘못된 과거 때문에 깊이 미안해했지만 그것들을 한 번도 정직하게 바라본 적이 없었다. 그는 믿음직스럽고, 열심히 일하는 사람이었지만 속으로는 뒤틀린 사람이었다. 가족과 교회에 한결같이 헌신하는 겉모습 뒤에는 그가 젊었을 때 저질렀던 불륜이 숨겨져 있었다. 그때 생긴 아이가 먼 도시에서 살고 있었다.

중년에 접어들어 겪은 위기 때문에 제럴드는 인생을 바로 보게 됐다. 제럴드는 자신이 저지른 일을 '보상하거나 되돌릴 수' 없다는 사실을 알았다고 한다. 그러나 그는 자기가 저지른 잘못 때문에 비롯한 고통의 무게를 알게 되었다. 그는 양심의 가책을 느끼고, 자기가 믿음을 저버리고 배신한 모든 사람들을 찾아가서 미안하다는 말을 할 수 있었다. 그런 뒤에야 그는 자신이 깨끗해지고 온전해졌음을 느낄 수 있었다고 한다.

여러 번 마음의 평화를 발견했다고 생각했지만 내가 발견한 것은 디딤돌뿐이었음을 알았다. 그리고 더 깊이 다가가야 했다. 끝없이 계속 그렇게 해야 한다. 그것이 평화를 찾는 가장 정직한 방법이다.

내 고모 에미-마그릿의 이야기도 삶에서 방향을 바꾸는 일이 얼마나 중요한지를 보여준다. 고모는 내가 아는 사람 중에 누구보다 더 마음의 평화를 위해 힘들게 싸웠던 사람이다. 지금은 팔십 대인 고모는 처음 한스(뒤에 둘은 결혼을 한다)를 만나자마자 다른 사람들이 그랬던 것처럼 그의 지식, 열정 그리고 카리스마에 매료됐다.

그러나 행복한 결혼은 곧 악몽 속으로 빠져들었다. 겉으로는 모든 것들이 좋아 보였다. 아이들이 하나 둘 태어났고 가족은 건강과 조화로운 삶을 즐기는 것처럼 보였다. 그러나 한스는 남모르는 다른 모습을 보이기 시작했다. 그는 권력을 향해 만족하지 못하는 욕망을 지니고 있었고, 그것을 위해서는 무엇이든지 하려고 했으며, 다른 사람들이나 자신이 치러야 할 비용은 걱정하지 않았다.

에미-마그릿 고모도 처음에는 남편의 태도를 걱정했지만 그것은 오래가지 않았다. 남편을 비판하면 냉소섞인 질책만 자초할 뿐 차라리 그대로 두는 것이 말다툼도 하지 않고 더 편했다. 하지만 그게 그렇게 유쾌한 것은 아니었다. 한스는 함께 살고 함께 일하는 사람들 대부분을 신뢰하지 않았고 아내쪽 가족들을 지독히 미워했다.

정서적으로 남편에게 기대고 있었던 고모는 괴롭힘을 당

하는 사람들의 깊은 상처를 보지 못했다. 두 사람은 자신들을 방해하거나 반대하는 모든 사람들을 간단히 짓밟아버렸다. 고모는 남편의 야심에 야합하는 공범이 돼 버렸다. 고모는 이상하리만큼 한스를 위해 방어적으로 변했다. 남편이 비서와 여러 해 동안 불륜을 맺어온 사실이 발견된 뒤에도, 그가 탄 비행기가 프랑스 상공에서 충돌해 사망한 비극적인 사건 뒤에도 고모의 그런 태도는 변하지 않았다.

오랜 시간이 지나고 나서야 고모는 자신이 거짓 위에 살아왔다는 사실을 볼 수 있었다. 자신이 매달렸던 명성, 그리고 자신의 힘과 '사회적 지위'를 동경하고 부러워했던 사람들의 시선이 진정한 행복을 조금이라도 주기는커녕 오직 인간적인 황폐함만 남겼다는 것을 알았다. 그 후 몇 달 동안 고모는 자신을 수십 년 동안 괴롭혀왔던 충성심과 감정이 충돌하고, 억압된 거짓말과 반쪽 진실의 충돌을 정리해야 하는 괴로운 시간을 겪어야 했다. 그것은 길고 격렬한 전투였지만 고모는 남편의 음모를 도운 자신의 잘못을 인식하고 그것들을 바로잡으려고 싸웠다.

그로부터 이십오 년이 흘렀다. 고모의 평화를 위한 탐색이 얼마나 큰 고통을 주었는지 말로는 표현할 수 없다. 화해도 하지 못한 채 남편을 잃었고, 남편 쪽에 섰던 사람들은 큰 화를 내고 돌아섰고, 그 과정에서 자식들과도 멀어지게 됐다. 그러나 고모는 남편의 속박에서 벗어나 돌아서기 전에는 알지 못했던 온전함과 회복을 경험했다고 분명히 말했다. 고모는 몇 년 전에 이렇게 썼다. "거대한 해방과 평화가 내게 주어졌고 난 지금도 그걸 느끼고 있다. 그것은 내 희망과 기도를 훨씬 뛰어 넘어서는 것이다."

8 평화는 용기가 필요한 선택이다

결단을 내리기 전까지는 주저하게 되어 있다. 뒷걸음질 칠 기회는 있겠지만, 그것은 언제나 헛된 시도일 뿐이다. W.H.머레이

애슐리는 흔히 말하는 '미남'이었다. 그 외모 때문에 애슐리는 멜버른의 유년시절부터 친구들과 어울릴 수 없는 다른 사람이었다. 열아홉 살이 됐을 때 애슐리는 유럽 패션 무대에 들어가 당당히 '아름다운 사람'의 대열에 설 수 있었다. 그는 파리, 밀라노 그리고 런던의 패션 무대를 오갔다.

나는 젊었다. 무대의 주인공이었던 나는 패션업계 최고의 대행사인 엘리트에 소속되어 일했다. 조르지오 아르마니 같은 디자이너들의 패션쇼에 섰다. 내 사진이 광고판을 도배했다.

그 전까지만 해도 호주 해변의 A급 건달이었던 내 인생이 그 때부터 잘 나가기 시작했다. 그때 나는 진짜 파도의 꼭대기를 타고 있었고, 파도가 나를 데려가 주는 데까지는 계속 갈 참이었다.

모델은 단순한 직업이 아니라 삶의 방식이었다. 갑자기 새로운 세상이 내게 열렸다. 모델 전용 테이블이 있는 나이트클럽에 자주 갔다. 술도 공짜였고, 약물도 공짜였고, 섹스도 공짜였다. 모든 것들이 가지라고 있는데 왜 거부했겠는가?

한 번은 밀라노에서 돈이 떨어져 집세를 못 낸 적이 있었다. 하지만 그건 문제가 아니었다. 저녁에 나이트클럽에 가서 술에 취해 최대한 많은 여자들을 상대해 주며 놀다 밤늦게 집으로 돌아왔다. 클럽은 그렇게 해서 여자 손님들을 끌어 들였고 내게는 꽤 괜찮은 돈벌이가 되었다.

종종 파티에 가 기억이 흐려지는 경우가 있었는데 다음날 깨 보면 어느 유명 인사의 집에 있거나 코카인을 흡입하는 곳에 가 있었다. 주말 내내 그 짓을 했다. 늘 새로운 것들을 다 해보고 싶었기 때문에 헤로인도 마다하지 않았다.

명성과 힘, 개성과 위신, 유명세와 부ー나는 그것들을 동경했다. 나를 태운 파도는 그곳을 향해 가고 있었다. 나는 나 자신을 초청해서 아주, 아주 좋은 쇼를 공연했다. 쇼는 성공적이었다. 나는 인기가 굉장히 많았고 사람들은 나와 함께 있는 걸 좋아했다. 사람들에게 난 아주 단순하고, 열광적으로 파티를 좋아하는 '호주 녀석'이었다. 그게 내가 살던 방식이었다. 나는 그렇게 런던, 파리, 밀라노를 오가며 살았다.

1980년대 말에 뉴 에이지가 처음으로 패션 산업에 등장했다. 대부분의 디자이너들이 작품에 영적 감각을 불어 넣으려고 했고 하얀색 옷이 필수 요건이 되었다. 나는 자수정 목걸이를 하기 시작했고 유체 이탈에 많은 관심을 가졌다. 불교 서적을 읽고 꿈에 대한 책을 읽었다.

그러던 중 1989년 8월 20일 유람선 마셔니스 호가 템스 강에서 침몰하는 사건이 일어났다. 모델들과 매니저들을 가득 태운 배가 강 위에서 밤 파티를 하기 위해 나갔다가 큰 보트와 충돌한 것이다. 모두 53명이 익사했다. 파티에 있던 많은 사람들은 마약에 취해 있었다. 아주 가까웠던 내 친구도 목숨을 잃었다.

그런 재난이 있고 난 다음에 삶의 의미를 찾으려는 나의 탐색은 더욱 강렬해졌다. 아무것도 진짜처럼 보이지 않았다. 술을 마시고 LSD와 코카인을 하는 것 말고는 아무것도 별 의미가 없었다. 그리고 두 달 뒤에 호주에 사는 가장 친한 친구가 천식으로 숨을 거뒀다 …… 내 속에서 많은 질문들이 쏟아졌지만 답을 찾을 수는 없었다.

그 친구가 죽던 날 나는 동료 모델인 집스와 점심을 먹기로 했다. 우리는 이름난 식당 건너에 있는 공원에서 만났다. 친구들과 식사를 하기 전에 공원에서 만나 마리화나를 즐기곤 했다. 식당에서 즐길 수는 없었기 때문이다. 우리는 그것을 풀밭 위의 풀이라고 불렀다. 그곳이 내가 그녀를 만난 곳이다. 우리는 데이트를 시작했고 뒤에는 파리로 함께 가서 모델 일을 했다. 집스와 나는 둘 다 그림 그리기를 즐겼고 모델을 하면서 생활하는 데 충분한 돈을 벌었다. 우리는 예술적이고 대안적인 이미지, 그리고 넉넉함 속에 신비적인 요소가 녹아있는 동네로 알려진 몽마르트의 좋은 아파트에서 살았다. 그리고 그곳에서 우리는 서로 사랑에 빠졌던 것 같다.

그녀와 사랑에 빠지게 되면서 나는 마약을 조금씩 줄이기 시작했다. 그러자 평화를 위한 탐색은 계속 강렬해져갔다. 난 신화에 대해 읽었고 수정을 이용한 명상을 시도했다. 그때 뉴에이지에 매료되어 있던 다른 친구가 나더러 주류 종교도 한 번 경험해보라고 제안했다. 난 어렸을 때부터 한 번도 교회에 가본 적이 없었기 때문에 성경에 대해 아는 것이 하나도 없었다. 친구가 성경책을 사 준 그날 탁자 앞에 앉아서 생애 처음으로 성경을 열어봤다.

성경을 읽은 그 날 내 인생이 바뀌었다. 하나님이 진짜 존재하고 나를 돌본다는 느낌에 난 압도됐다. 내 첫 반응은 이랬다, (이것은 내 마음이 어디에 있었는지를 보여준다.) '만약 내가 이것을 캡슐에 넣을 수 있다면 난 내일 백만장자가 될 수 있을 거야.' 중독 된 내 정신도 그것이 내가 맛봤던 어떤 엑스타시, 어떤 환각제, 어떤 코카인보다도 훌륭하다고 생각했던 거다. 그때 느꼈던 사랑과 평화의 느낌은 내게 너무나 새롭고 너무나 이국적인 것이었다. 그것은 나와 수많은 사람들이 찾고 있었던 것이었다. 그러나 나는 그 후 몇 년 동안 그 느낌이 떠날지도 모른다는 생각을 했다. 하지만 그런 일은 일어나지 않았다. 그 느낌은 계속해서 엉뚱한 시간이나 엉뚱한 장소에서 내게 다시 돌아왔다. 한 번은 파리의 도심에서 기차를 타고 포트폴리오를 팔에 낀 채 모델 일을 구하기 위해 가고 있는데 문득 그 느낌이 나를 덮쳤다. 따뜻함. 사랑. 그것은 나를 울게 만들었다. 그 기차 안에서 나는 모델 일을 찾고 있었던 거다. 당신도 잘 아는 것처럼 쿨하지만, 힘들고, 때로는 비참한 그 모델 생활을 ……

집스는 처음에 이런 나를 어떻게 생각해야 할지 몰랐다. 내가 유체 이탈 등을 시도하는 걸 봐왔기 때문에 이것도 여러 '시도들' 중의 하나라고 생각했다. 내가 기독교 친구들을 만나고 교회에 — 처음에 나는 그곳에서 굳어버렸다. 왜냐하면 그곳은 내 영역의 밖이었고 그때 나는 완전히 취약한 상태에 놓여 있었기 때문이다. — 나갈 때도 집스는 여전히 회의적이었다. 그러나 내 안에서 생긴 변화는 잠깐 스쳐 지나가는 것이 아니었다. 그것을 실감하게 되었을 때, 결국 호기심이 나서 못 견디게 되었을 때 집스는 스스로 하나님에 대해 알아봐야만 했다. 결국 집스도 하나님을 발견했다.

하나님이 진짜라는 걸 알게 되자 내 삶도 목적이 생겼다. 모든 것이 하루 밤에 일어난 것은 아니었다. 씨는 이미 뿌려졌고 변화는 거스를 수 없는 것이었다. 내 삶이 자기중심적인 이기심에 기초하고 있다는 것이 분명해졌다. 내가 디자인한 세상에서 내가 세상의 중심 노릇을 하고 있었다. 그것들은 모두 해체되어야 할 것들이었다. 나와 집스와의 관계도 역시 과감한 변화가 필요했다. 다행히 우리는 함께 계속 살기로 했고 서로를 새로운 눈으로 바라보기 시작했다. 우리의 사랑이 참을성 있고 조건 없는 것이 되기를 바랐다. 우리는 섹스를 탐닉하지 않았고, 싸움을 멈췄고, 약물을 끊는 고통스러운 과정을 겪었다. 역기능의 관계를 '익숙하게' 생각해왔던 우리는 갑자기 서로가 진정으로 연결되기 시작했다. 놀랍게도 우리의 관계를 아름다운 터 위에 다시 세울 수 있게 됐다. 이 년 뒤에 우리는 결혼을 했다. 그리고 이제는 십팔 개월 된 아들이 있다.

하나님을 위해 살기로 결심했을 때 난 끝까지 이 길을 가야 한다는 것을 알았다. 그때는 그런 결정이 어떤 대가를 치르게 될지 몰랐고 지금도 그걸 배우고 있다. 집스도 나와 함께 배우고 있다. 내 모델 직업은 끝이 났다. 나의 내면에서 느끼는 것을 진실이라고 여기면서 그런 삶의 방식을 계속 유지할 수 없다는 걸 알게 됐다. 그래서 나는 모델 일을 그만 두고 나 자신을 진정으로 내어 줄 수 있는 소명을 몇 년 동안 찾아다녔다.

한 가지는 분명했다. 이기적인 삶을 살 수는 없었다. 당신은 자신만의 좁은 세상에서 나와서 다른 사람들을 위해 살아야 한다. 이기심 때문에 나는 너무나 오랜 세월을 자신과 다른 사람들의 삶을 파괴하며 살아왔다. 나 자신에게 계속 물어야 한다. '내가 여기에서 할 수 있는 일은 무엇인가? 어떻게 도울 수 있을까?' 과거는 바꿀 수 없지만 앞으로 남은 삶은 다른 사람을 위해 뭔가 하면서 살 수 있다. 요즘은 에이즈에 감염된 채로 태어나거나 이후에 직접 감염된 아이들의 삶을 밝게 하는 자선단체를 위해 일을 하고 있다. 다섯 명의 아이들과 일주일에 한 명씩 서너 시간을 함께 하는 것은 그 아이들과 나의 삶을 다른 것으로 만들어 준다.

에이즈를 갖고 태어났던 죠슈아는 얼마 전 네 살의 나이에 세상을 떠났다. 나는 죠수아를 팔에 안고서 아이 엄마의 집 거실에서 MTV에 맞춰 춤을 추곤 했다. 우리는 많이 웃었다. 한번은 밥 말리의 노래에 맞춰 함께 춤을 추고 있는데 어떤 기억이 내 머리를 스치고 지나갔다. 밀라노에 있는 한 클럽이 문을 닫는 시간이었다. 난 거기서 여자들에게 둘러싸여 쇼에 등장하는 스타처럼 술을 마시고 밥 말리의 그 노래에 맞춰 춤을 추고 있었다. 서로 다른 세상들이 충돌을 했다. 그것은 산이었다. 그 산을 움직인 것은 진짜 산을 옮기는 일보다 더 위대한 기적이었다.

애슐리와 집스는 평화와 의미 있는 삶을 찾는 탐색을 통해 정말 드라마 같은 변화들을 경험했다. 그들에게 변화는 자신들이 한 선택이 가져다 준 것이다. 우리는 매일 선택에 직면하게 된다. 어떤 것은 쉽지만 신중한 생각이 필요한 것도 있다. 그리고 그때마다 위험이 뒤따른다. '만약 이렇게 되면…?'이라는 의문이 언제나 생긴다. 이 책을 쓰는데 통찰을 제공한 사람들과 얘기를 나누다 보면 일관되게 느껴지는 것이 있다. 그것은 평화를 위한 탐색에서 선택과 자유의지가 하는 중요한 역할이다.

홀로코스트의 생존자이면서 저명한 정신과 의사인 빅토르

프랭클은 평화란 세 가지 얼굴을 가진 자유라고 썼다: 본능, 타고난 성격, 그리고 환경.

사람은 분명 본능을 갖고 있지만 본능이 사람을 지배하는 것은 아니다. 유전을 연구하다보면 타고난 성격과 관계없이 인간의 자유가 얼마나 높은 차원을 가졌는지 알 수 있다. 환경이 사람을 만드는 것이 아니라 사람이 모든 것들을 만들고 그 모든 것이 사람들의 태도에 의존하고 있다는 사실을 우리는 잘 안다.

그러니 사람은 단순히 유전이나 환경의 산물이 아니다. 거기에는 다른 요소가 있다. 그것은 바로 '결단'이다. 사람은 궁극적으로 자신을 위해 결정을 내린다! 결국 교육은 결단을 내릴 수 있는 능력을 가르쳐야 한다.

프랭클린은 모든 사람들이 다 결단력을 갖고 인생에서 중요한 결정을 내릴 수 있는 건 아니라고 말한다. 이만큼 물러서고 또 저만큼 타협을 하면서 우리는 자주 스스로 내린 결정을 지켜야 할 중심을 잃는다. 그리고 그것 때문에 계속 불안을 안고 산다. 때때로 우리는 계획 없이 하루하루를 닥치는 대로 사는 태도를 갖기도 한다. 어떤 때에는 숙명론적이고,

패배주의적이다. 어떤 때는 결단력 없이 모든 일에 대해 분명한 의견을 표현하지 않는다. 그런 다음에는 아주 강경하게 그리고 아주 고집스럽게 자신이 숙명론자로 변했다는 사실에 집착한다. 예이츠는 "최고의 사람들은 확신이 부족하고, 최악의 사람들은 열정적인 강렬함이 넘친다'고 쓴 적이 있다. 궁극적으로 이런 증상들은 책임에 대한 공포 그리고 그것이 낳는 우유부단함 때문이라고 볼 수 있다.

난 아직도 내 담력이 처음 시험받던 날을 기억한다. 열네 살에 뉴욕의 한 학교에 다니고 있던 나는 매일 성조기에 대한 맹세를 낭독하라고 요구받았다. 이민자인 나는 그 속에 담겨 있는 괴상한 관습, 그리고 맹목적인 민족주의가 불편했다. 매일 아침 학생들이 돌아가며 성조기 앞에서 맹세를 낭독했다. 내 차례가 왔을 때 나는 교실 앞에 선채로 낭독하지 않겠다고 말했다. 나의 궁극적인 충성은 하나님을 향한 것이지 천 조각을 향한 것이 아니라고 말했다.

선생님과 반 친구들은 놀라서 할 말을 잃었고 교실은 침 삼키는 소리까지 들릴 정도로 조용해졌다. 그것은 생각조차 할 수 없는 일이었다! 당시는 냉전과 맥카시 열풍이 절정에 이른 때였다. 누구든 일정한 선을 넘으면 자동적으로 공산주의 간첩이나 반역자로 의심을 받았다. 워싱턴에서는 하원 반미 활동 조사 위원회의 청문회가 활발히 열렸다. 오전 끝 무렵에 내 일이 교장에게 보고됐고 나는 교직원들이 모두 모인 앞에서 해명을 해야 했다. 난 내 입장을 분명히 밝혔다. 내 행동은 정부를 경멸해서가 아니라 옳은 일을 하는 게 '애국적인' 일을 하는 것보다 더 중요하다고 확신했기 때문이라고 말했다. 사람들은 놀랐지만 이해하기도 했다.

집에 가니까 부모님은 조금 놀라셨지만 나를 지지해주셨다. 아버지에게 그것은 간단했다. "만약 네가 양심을 따르지 않는다면 절대 평화를 찾을 수 없다. 만약 그렇게 하는 것이 배를 흔드는 것을 의미한다고 해도 그렇게 해야 한다." 모든 것이 다 괜찮다는 듯이 앉아 있는 것보다 양심을 따르는 것이 늘 더 좋았다.

내가 어렸을 때부터 알고 지낸 영국 태생의 노신사 존 윈터라는 사람이 있다. 그가 얼마 전 내게 편지를 써서 보냈다. 편지에서 그는 자신의 인생에서 가장 생산적이었던 때는 굳게 결심하고 무슨 일이 생기든지 그 결심을 지켰을 때라고 했다.

난 열여섯 살에 학교를 떠나 납으로 파이프와 페인트를 만드는 회사의 실험실에서 일을 하기 시작했다. 그리고 저녁에는 과학 학위를 받기 위해 런던에서 공부했다. 열아홉 살이 되었을 때는 군복무 때문에 신고를 해야 했다. 난 전쟁의 공포에 찬성할 수 없어서 양심적 병역 거부자로 등록하기로 결심했다. 이를 회사 윗사람에게 말했더니 그는 회사가 지금 파이프와 페인트 대신에 총탄을 만들고 있으니 내 입장은 회사의 입장과는 맞지 않는다고 지적했다. 난 놀랐다. 그 주말 내내 어떻게 해야 할지 고민했던 일이 지금도 생생하게 기억난다. 솔직히 일을 계속할 수는 없었지만 직장을 떠나는 것도 상상하기 힘들었다.

내 친구 역시 비슷한 고민을 하고 있었다. 전쟁에 참여할 수 없다는 확신을 지킬 단단한 기반을 찾지 못한 그 친구는 결국 포기하고 영국 공군에 입대하고 말았다.

그때 주말, 전쟁을 생각하는 나의 믿음 대로 행동할지 아니면 그냥 예전처럼 살지 결정해야 했다. 잠 못 이루면서 고민한 끝에 나는 내가 무엇을 해야 할지 알았다. 그것은 직업을 포기하는 것이었다.

지금은 작게 보일지 모르지만 그때 나에게는 아주 큰일이었다. 나는 처음으로 내 계획과 양심의 목소리 사이에서 결정을 내렸던 것 같다. 오십년이 지난 지금에야 그때 내가 흔들리지 않는 어떤 진정한 평화를 경험했다고 말할 수 있다. 그 뒤에도 양심은 내가 감히 하지 못할 일을 하라고 자극했고, 그때마다 나는 그때의 일을 생각해야만 했다. 난 양심을 따랐고 그러면 마음에 평화가 찾아왔다.

삶은 내가 양심의 소리를 따르지 않으면 나의 내면에 변화가 일어나고, 그 다음부터는 양심의 소리를 들을 수 없거나 그런 순간이 영원히 다시 오지 않는다는 사실도 깨닫게 해주었다. 회사를 그만 둔 뒤 여러 달 동안 일자리를 구할 수 없었다. 전쟁과 관련이 없는 직장을 찾아봤지만 내가 배운 것을 써먹을 곳 중에는 그런 곳이 한군데도 없었다. 이상적으로 된다는 것은 끔찍한 일이다. 사무실이나 상점에서도 일자리를 구하지 못했다. 그러나 나의 선택으로 나는 진정한 평화를 맛보았음을 부인할 수 없다.

존과 달리 자신의 결심을 지키지 못해서 평화를 얻지 못한 사람도 많다. 그들은 용골 없는 배를 타고 항해하다가 약한 돌풍에도 뒤집어지거나 아주 힘든 어려움을 겪은 다음에야 원래의 목적지에 닿는 경험을 한다. 어떤 사람들은 그런 결정을 평생 내리지 못하고, 어떤 사람은 자신을 어디에 던질지 몇 년 동안이나 고민을 한다. 그렇게 마비된 우유부단함 때문에 사람들이 정서적 불안과 극도의 정신적 불안을 겪는 경우를 몇 번 봤다.

평화는 결단을 통해서 온다. 삶은 우리의 주의를 끄는 영향력—어떤 것은 좋고, 어떤 것은 나쁜—으로 가득 차 있다. 삶을 위해 어떤 길을 선택할지 결정을 내리지 못하면 너무 많은 방향으로 억지로 끌려갈 위험이 있다. 물론 그런 결단도 뒤에 올 변화나 결과를 수용하지 않는다면 별 의미가 없어진다. 이것은 우리 삶의 모든 면에 적용된다. 그것은 용서못할 것을 용서할 준비, 금방 잊혀질 것들을 기억할 준비, 그리고 기억하고 싶어도 잊어버릴 준비를 의미한다. 그리고 미움을 사랑할 준비, 가고 싶지 않은 곳을 갈 준비, 자신이 잊혀지더라도 기다릴 준비, 뒤가 아니라 앞을 바라볼 준비, 과거의 일에 마침표를 찍고 미래 희망을 위한 준비를 의미한다. 궁극적으로는 모든 것, 우리의 생명까지도 내어줄 준비를 의미한다.

9 지금 이 순간을 살아라

잃어버린 평화를 찾아가는 열여섯 가지 이야기

밤을 순순히 맞지는 마라. 분노하라, 빛이 죽어가는 것에 분노하라.
딜런 토마스

1943년, 뮌헨에서 활동하던 학생 그룹 백장미단에 들어가 반정부 선전물을 작성, 인쇄, 배포한 혐의로 나치에 의해 교수형당한 조피 숄은 평범한 스물한 살이었다. 《백장미의 수기》를 쓴 조피의 여동생 잉에 숄은 조피와 함께했고, 이끌고, 힘을 주었던 낯선 평화를 기억한다.

처음 조피는 오빠 한스가 백장미단을 만들었고 가장 적극적으로 참여하고 있다는 사실을 알았을 때 화가 났다. 동시에 오빠가 하는 일이 진실을 위한 외로운 목소리이며 오빠와 함께 하지 않으면 날로 심해지는 선전과 거짓말들에 휘말려 죽을 거라고 생각했다. 조피는 자신의 모든 힘을 쏟았다.

불과 몇 년 전만 해도 한스와 조피는 새로운 독일을 향한 히틀러의 열정적인 약속을 받아들였다. 그러나 숄 남매는 자신들의 양심과 생명이 독재자의 악마적인 권력욕에 의해 짓밟히고 있다는 사실을 알게 됐다. 남매는 그 물길을 거슬러 올라가기로 결심했다. 1942년 말 백장미단은 가장 격렬하게 반 나치 활동을 하였다.

1942년 2월 백장미단의 주도자들이 발각되어 체포됐고, 오 일 만에 숄 남매와 그들과 가까웠던 협력자들이 처형당했다. 사형은 4월과 5월에도 이뤄졌다.

숄 남매는 용감하고 자랑스럽게 마지막을 맞았다. 조피는 단두대 형을 선고 받자 조용히 말했다. "이렇게 아름다운, 햇살이 비추는 날에 나는 가야 한다. 그러나 만약 다른 수천의 사람들이 들고 일어나 행동하게 된다면 죽음이 무슨 문제가 되겠는가?" 그것은 자신이 믿는 정의에 대한 흔들리지 않는 믿음에서 나오는 내면의 평화였다.

의심할 필요 없이 조피 역시 격렬한 공포의 순간들을 겪었다. 그렇지만 온 힘을 다해 히틀러 제국의 악과 싸우겠다는 결심을 바꾸지는 않았다. 오늘날에는 찾아보기 힘든 확신이었다.(우리 중에 누가 자신의 믿음에 목숨까지 내주려고 하겠는가?) 싸움과 마주쳤을 때 이런 확신이 가져다주는 안도

감과 평화 역시 찾아보기 힘들다. 우리가 하는 일에서 정의를 확신하지 못한다면 조피같이 열정을 갖고 그런 시련에 맞설 수 없을 것이다. 또한 당장 목숨을 잃는다 해도 우리의 삶은 의미가 있음을 발견하는 만족감을 절대 느끼지 못할 것이다.

우리는 인생에서 매일 불확실한 상황과 마주치게 되는데, 그럴 때마다 쉽게 공포를 느낄 수 있다. 사람들은 각자 나름의 공포와 싸우지만 인간의 확신과 안전을 위협하는 보편적인 공포가 있는데 바로 죽음에 대한 공포이다.

마틴 루터 킹에게도 죽음을 두려워할 충분한 이유가 있었다. 카리스마가 강했고 거침없이 발언했던 그는 자신의 생명을 인종 평등이라는 대의를 위해 내놓았다. 물론 끝에 가서 그는 너무나 큰 값을 치러야했다. 다른 사람들처럼 킹도 죽음의 공포를 갖고 있었을 거다. 나는 킹을 몇 번 만나보고 그의 연설을 들어본 적이 있다. 그는 깊은 고요와 평화를 발산하는 사람이었다. 그는 자신의 사명을 전혀 의심하지 않았고 그것을 수행하는 데 드는 대가에 대한 무기력한 공포 같은 것은 갖고 있지 않았다.

1963년, 마틴 루터 킹은 한 시민운동 행진에서 "죽음을 두려워한다면 아무도 자유로울 수 없다. 죽음의 공포를 정복하는 그 순간 당신은 자유롭게 된다"고 말했다. 그의 친구들은 위험을 피하라고 설득했지만 그는 모두 물리쳤다. "내 안전만 걱정할 수 없어. 공포 속에서 살 수도 없고. 난 할 일이 있어. 만약 내가 정복한 공포가 있다면 그건 죽음에 대한 공포야 …… 분명히 말하지만 죽음을 각오할 수 있는 무언가를 찾지 못한 사람은 죽을 자격이 없어!"

1994년에 개봉한 영화 〈쇼생크 탈출〉에서 앤디 듀프레이(팀 로빈스 분)는 자신이 죽이지도 않은 두 사람 때문에 철장 안에서 수십 년을 보내야 했다. 그는 절망적인 상황에 놓인 듯했지만 그것 때문에 굴복하지는 않았다. 대신 작은 돌망치로 두꺼운 감방 벽에 구멍을 뚫는 일에 공을 들였다. 그에게 문제는 간단했다. 그의 친구 레드(모건 프리먼 분)의 말처럼 인생에는 두 가지 선택이 있다. '바쁘게 살거나, 바쁘게 죽거나.' 누구도 이것을 피할 수 없다.

캐럴과 남편 데일이 1970년대 중반 우리 공동체로 옮겨왔을 때 캐럴은 분명 처음부터 '바쁘게 사는' 범주에 속했다. 캐럴의 솔직함과 직선적인 성격 때문에 어떤 사람들은 불편해했지만 많은 사람들, 특히 십대와 젊은이들은 캐럴을 따뜻한 마음을 지닌 사람, 신뢰할 수 있는 친구라고 생각했다. 한때 캐럴은 심각한 우울증을 앓고 주변 사람들로부터 고립됐다는 느낌 때문에 고통을 받기도 했지만 절대 공포에 항복하지는 않았다. 캐럴에게 선택은 하나뿐이었다. 삶이었다.

1995년 쉰세 살이 되던 해에 캐럴은 유방암 진단을 받았다. 첫 번째 약물 치료 이후에 병은 나아졌지만 1998년 암이 재발했다. 검사 결과 암은 양쪽 폐로 번졌다. 곧 죽을 것처럼 보였다. 전문가들은 몇 달 후면 죽을 거라고 말했다. 여름이 시작되면서 캐럴은 눈에 띄게 힘을 잃어갔고 아주 강한 진통제가 필요했지만 보통 때처럼 매일 일하기를 고집했다. 원래 7월로 예정됐던 딸의 결혼식이 6월로 앞당겨졌다. 캐럴이 결혼식을 볼 수 없을지도 모르기 때문이었다.

그러나 캐럴은 싸웠다. 그녀는 절대 링의 로프에서 길게 머물지 않을 것처럼 보였다. 또 다시 캐럴은 남편과 주위 사람들, 그리고 아마도 자기 자신까지도 놀라게 했다. 가망이 없다고 생각할 때마다 캐럴은 죽음의 경계에서 되돌아왔다. 우리는 캐럴을 몰랐던 거다. 캐럴은 자기가 일하는 사무실에서 일하다가 생을 마감하고 싶었다. 캐럴은 자기가 덤으로 얻은 시간을 살고 있다는 것을 아는 듯했다. 그리고 한 시간도 아무렇게나 쓰고 싶어 하지 않았다. 여전히 할 일이 너무나도 많았고 격려의 말과 다정한 미소가 필요한 사람이 너무나도 많았다. 캐럴은 죽을 시간이 없었다고만 말했다.

캐럴은 1998년 12월 1일에 세상을 떠났다. 그보다 오래 전에 죽을 수도 있었다. 캐럴은 포기할 줄을 몰랐다. 병은 자신을 향해 돌진하는 여러 도전들 중에 하나였다. 세상을 떠나기다섯 달 전에 어떤 잡지와 인터뷰를 하면서 캐럴은 가득찬 삶을 산 자신의 투쟁을 이렇게 말했다.

처음 암이라는 말을 들었을 때 난 겁에 질렸다. 왜냐하면 나는 언제나 죽음의 공포 때문에 겁을 먹어왔기 때문이다. 그러나 그것은 몇 분 가지 않았다. 이유는 잘 모르지만 마음이 놓이기 시작했다. 나는 늘 죽음을 두려워했는데 갑자기 암이 찾아 왔고 이제 더는 걱정 안 해도 됐기 때문일 거다.

물론 그 후 아주 끔찍한 시간을 보냈다. 첫 번째 약물 치료를 받고 나서 앉아 있는데 내 팔 밑에 아직 암 덩어리가 느껴지는 것 같아서 엉엉 울었다. 아마 나는 그때 말기 암에는 걸리지는 않았던 것 같았다. 그때까지는 그랬다.

어처구니없게 들릴지 모르겠지만 이건 진실이다. 난 언제나 암을 끔찍하게 무서워했는데 정작 암에 걸리니까 더는 겁나지 않았다. 난 '선물'이라는 말을 좋아하지 않는다. 너무 잘못쓰이고 있기 때문이다. 그러나 그것은 정말 선물이었다. 데일과 나는 마주보고 "자. 이제 우리는 하나님의 손 안에 있다"
라고 말했다.

심지어 데일은 내가 암에 걸렸다는 것을 알게 됐을 때 농담
을 하기도 했다. 내가 평생을 암 걱정하며 살아왔기 때문에
내가 만약 다른 병으로 죽는다면 아주 부끄러운 일이 될 거
라고 했다.

사람이 암에 걸렸다는 사실을 알았다고 그냥 자리에 눕는 것
은 분명 아니다. 그냥 쓰러져 누워버리지 않는다. 삶을 그리
고 자신이 가진 것을 지속시키기 위해서 싸운다. 그렇기 때문
에 나는 처음에 약물치료가 답이라고 생각했다. 왜냐하면 난
내가 가진 모든 것을 가지고 질병과 싸우고 있다는 것을 느꼈
기 때문이다. 나는 모든 필요한 것들, 가장 폭발적인 것까지
도 감수할 작정이었다.

그 후 난 내가 가진 암이 가망이 없다는 것을 알게 됐다. 의사
들은 생존율이 0, 한 명만 살고 구십구 명이 죽는다고 말했던
것 같다. 그러나 난 묻지도 신경쓰지도 않았다. 난 이미 같은
암으로 죽은 내 자매 때문에 통계란 아주 삭막하다는 것을 안
다. 난 그때 이렇게 말했다. "숫자는 잊어버리라고. 난 내 인
생의 마지막을 침대에서 앓고 토하면서 보낼 수는 없어. 내가
가진 모든 것으로 살아 갈거야."

암을 가지고 살면 하루하루를 아껴야 한다는 것을 알게 된다. 일 분 일 분이 소중하게 된다. 당신도 잘 알듯이 우리는 많은 시간을 시시한 문제들과 시시한 생각들을 위해 쓴다. 그것은 삶을 고갈시킨다. 당장 멈춰져야 할 일이다. 사람들의 관계 안에는 화, 시기, 그리고 여러 종류의 감정적인 것들이 존재한다. 사람들은 작은 일로 상처를 주고받는다. 난 그런 것에 시간을 낭비하는 것은 순전히 멍청한 행동이라는 것을 알게 됐다. 데일과 나는 우리가 오랜 세월동안 작은 원한과 꼬인 감정에 집착하거나 문제를 바로보거나, 사과할 수 있는 겸손을 배우느라고 여러 해를 낭비했다고 생각했다.

지금 이 순간은, 우리가 지금 갖고 있는 시간은 당신에게, 나에게, 그리고 다른 모든 사람들에게 똑같은 것이다. 우리가 가진 것은 시간뿐이다. 우리는 '그건 내일 해야지'라던가 '그걸 할 시간이 생길 때까지 기다려야지'라고 곧잘 생각한다. 그러나 사실 우리에게 내일은 없다. 누구나 다 마찬가지다. 우리는 오직 오늘만이 있고, 우리는 오직 옆에 있는 사람, 함께 살거나 함께 일하는 사람만이 있다. 그것을 알게 된 것은 큰 도전이었다. 어제를 기억할 수는 있지만 어제를 다시 살 수는 없다. 그리고 내일 무슨 일이 일어날지 모른다. 내가 갖고 있는 것은 지금 이 순간뿐이다.

어제 난 내가 하루를 더 살게 될 거라고 생각하지 않았다. 의사들도 가족들도 모두 그렇게 생각했다. 오늘도 난 죽음과 가까워진 것을 느끼지 않는다. 그것은 흥분되는 일이다. 왜냐하면 그것이 지금의 이 순간을 살 수 있게 하기 때문이다. 내가 이렇게 사무실에 매일 아침 나오는 것이 이상하게 보일지도 모르겠다. 그러나 이것이 내게 얼마나 큰 의미가 있는지 당신은 알지 못한다. 일을 하면서 내가 사랑하는 사람들과 하나가 된다. 집에서 사방의 벽만 쳐다보며 있고 싶지는 않다. 사람들 속에서 농담하고, 웃고, 때로는 울기도 하면서 지내고 싶다. 침대 위에만 누워있는 거는 절대 참을 수 없다.

최선을 다해 살아갈 수 있는 것은 아주 아름답다. 이것이 내가 누구에게나 할 수 있는 충고이다. "갈 수 있는 만큼 가라. 당신이 할 수 있는 일은 모두 하라."

우리 각자는 살아야 할 삶이 있다. 이것을 한 번 알게 되면 그것을 위해 살아야 할 의무가 있다. 우리가 발견한 것을 위해 살기 위해서는 모든 계획들을, 모든 것들을 완전히, 포기할 준비가 되어 있어야 한다. 우리 모두가 격렬해지고, 정력적으로 되어야 한다는 것은 아니다. 이것은 개인 성격의 문제가 아니다. 그러나 진짜 삶은 우리가 가진 모든 열정을 요구한다.

10 모든 일에 진정으로 고마워하라

죽음의 공포가 당신의 마음속에 들어오지 못하게 하라. 아침에 일어나면 아침의 빛에 고마워하라. 생명과 힘에 고마워하라. 음식과 살아있는 기쁨에 고마워하라. 그리고 혹시 감사할 이유를 찾지 못한다면 당신에게 문제가 있다는 것을 알아라. 티쿰세 추장

　　　　　많은 사람들이 좋은 일이 생겼을 때 어렵지 않게 '고맙다'고 말할 수 있다. 그러나 매일 일어나는 좋은 일은 물론 나쁜 일까지 모두 마음에서 우러나 고맙다고 말할 수 있기까지는 힘겨운 노력이 필요하다. 중세의 신비주의자 마이스터 에크하르트는 '고맙다'고만 기도해도 충분하다고 했다. 이런 그의 충고를 겉으로만 받아들인다면 너무나 쉬운 일처럼 보일 것이다. 하지만 진정으로 고마워한다는 것은 무엇을 의미하는 걸까? 예일대 교수직을 포기하고 정신 장애우들의 공동체에서 함께 살고 있는 헨리 나우엔은 이렇게 말했다.

우리 삶에서 좋은 일을 고마워하기는 쉽다. 그러나 우리 삶의 모든 것들, 좋은 일과 나쁜 일, 기쁜 순간과 슬픈 순간, 성공과 실패, 보상과 거부에 고마워하는 일은 힘겨운 영적인 노력을 요구한다. 지금 우리에게 닥친 모든 일에 고맙다고 말할 수 있을 때만 우리는 진정으로 고마워하는 사람이 된다.

삶에는 우리가 통제할 수 없는 일들이 너무나 많다. 그렇기 때문에 우리를 시험하는 모든 것을 걸림돌이 아니라 성장의 기회로 보는 법을 배워야 한다. 모든 어려운 일, 우리를 위협하거나 신경을 건드리는 모든 상황에 움츠러든다면 평화를 배울 수 없다. 그렇다고 우리 앞에 닥친 일들을 그냥 조용히 받아들여야만 한다는 뜻은 아니다. 우리를 무겁게 짓누르는 힘든 난관 앞에서도 고마워하는 마음을 가질 수 있다면 인생관 전체가 바뀔 수도 있다. 어떤 사람이 "내가 아주 깊은 우울증에 빠졌을 때 고마워할 일 하나를 찾으니까 그때부터 우울한 감정에서 헤어 나올 수 있었어요. 행복해야 할 이유는 언제든지 찾을 수 있더라구요"라고 내게 말한 적이 있다.

나치에게 처형당하기 전날 밤 디트리히 본회퍼는 약혼자 마리아 베데마이어에게 편지를 썼다. "내가 행복해하지 않는다고 생각하지 마세요. 행복은 뭐고 불행은 뭔가요? 그것은 환경에 의존하지 않아요. 그것은 나의 내면에 무슨 일이 일어나는지에 달려 있어요. 난 당신이 있는 하루하루가 고마워요. 그것 때문에 행복해요."

내 경험으로 볼 때 고마워하지 못하는 가장 큰 이유는 어려움 그 자체 때문이 아니다. 바로 행복을 잘못 이해하고 있기 때문이다. 본회퍼는 어려움이 있고 없고가 우리의 정신이나 영혼의 상태를 좌우해서는 안 된다고 생각했다. 우리 모두는 행복을 외형적인 잣대로 재려고 하고 나쁜 것들과 좋은 것들을 나란히 놓고 비교하려고 한다. 가족, 음식, 집, 친구들, 사랑, 일같이 소중한 것들을 당연히 누려야 하는 것들로 여기고 있다. 우리는 그것을 선물이 아니라 권리로 여기고 있는 건 아닐까?

이기적인 욕구들 때문에 운명을 탓하기 시작하면 우리는 그 무엇에도 만족할 수 없다. "울타리 건너에 있는 풀들이 언제나 더 푸르러 보인다"는 속담처럼 된다. 이기적인 욕구와 필요만 생각한다면 존재만으로도 고마워해야 할 것들을 제대로 볼 수 없다. 나의 아버지는 불행해하는 한 친구에게 이렇게 썼다. "자네는 언제나 투덜거릴 이유만을 찾고 있네. 평화를 얻고 싶다면 그걸 포기해야 돼."

재앙마저도 고마워해야 한다는 이야기에 빠지지 않고 등

장하는 예가 구약 성서에 나오는 욥이다. 비옥한 땅과, 번성하는 가축들, 부지런한 하인들, 사랑하는 가족 등등 모든 것을 가졌던 욥은 그 모든 것을 한꺼번에 잃어버린다. 그렇지만 그의 고통은 거기에서 끝나지 않는다. 온 몸에 종기가 퍼져 고통스러워 하는 욥을 찾아온 친구들은 그가 나쁜 짓을 해서 자식들이 죽고 온갖 고통을 자초했다고 비난만 했다. 사실 친구들은 욥이 무슨 나쁜 짓을 했는지 알지 못했으며 추측만으로 그를 몰아세웠다. 욥의 아내까지도 등을 돌리며 "하나님을 저주"하며 죽으라고 말했다. 그러나 욥은 이런 비극 속에서도 화가 자신을 파멸시키지 못하게 했다. 온갖 구실들에도 굴하지 않고 욥은 끈질기게 자신이 믿는 하나님, 생명을 준 하나님에 대한 믿음을 지켰다.

미국 알라바마의 성공회 신부 윌리엄 마빈은 일 년 전 우리 공동체한테 쿠바에 인도적 지원을 함께 하자고 제안한 적이 있다. 윌리엄은 자기가 받아야 할 몫 이상의 고통(만약 그런 것이 있다면)을 받았지만 한 번도 불평을 하지 않았다. 병으로 목숨을 잃을 뻔했고, 막내아들을 잃었으며, 실업에 이어 이혼까지 …… 그는 욥과 비슷한 시험을 계속 겪었지만 여전히 다른 사람들이 더 심한 고통을 견디고 있다고 생각했다.

이런 그의 태도가 그가 누리는 평화의 열쇠였다.

어머니는 내가 여덟 살 때 갑자기 돌아가셨다. 일 년이 조금 지나자 아버지는 자기보다 훨씬 어린 여자와 결혼을 했다. 우리 집은 행복한 곳이 아니었다. 아버지는 학교를 운영했는데 엄격한 벌과 높은 학업 수준을 강조했다. 아버지는 집에서도 똑같았다. 나는 육체적 학대를 받은 적은 없지만 새어머니에게 한두 대씩 얻어맞았다. 내가 선택할 수 있는 무기는 빈정거리고 비웃는 것이었다. '엄마가 말하는 대로 한다!'가 법이었다. 십대인 내가 할 수 있었던 반항이란 그저 학교를 간신히 졸업할 만큼만 공부하는 거였다. 이것만이 내가 부모님을 무시할 수 있는 길이었다. 왜냐하면 부모님에게 졸업은 굉장히 중요한 것이었기 때문이다. 학교를 졸업하자마자 나는 집을 떠나라는 소리를 들었다. 그때부터 군에 들어갈 나이가 될 때까지 삼촌이나 이모 집에서 살았다. 군대 생활은 아주 힘들었다. 전투를 경험했고, 사람들이 죽는 걸 봤다. 그리고 부상을 당했다. 제대 후에는 앞으로 어떤 인생을 살 거라는 분명한 생각도 하나 없이 대학에 들어갔다.

곧 결혼을 해서 아들 둘을 낳았고 빚을 내서 교외에 집을 얻고 차도 한 대 사서 우편배달일을 하며 지냈다. 그렇게 삼사 년을 보냈지만 삶은 만족스럽지 못했다. 긴 영혼의 탐색을 벌이고 여러 사람들로부터 조언을 구한 끝에 성공회 신부가 되기로 결심했다. 신학교에 들어간 지 두 달 만에 피정에 참여했다. 거기서 나는 압도당했다. 피정을 담당하는 성 십자가회 소속 수사를 찾아가 내가 실수를 한 것 같다고, 나는 이곳에 참여할 자격이 없는 사람이라고 말했다. 그는 "당연히 당신은 아무 가치가 없는 사람이오! 우리 중에 가치 있는 사람은 아무도 없지요. 하지만 우리는 하나님과 함께 그 분의 일을 해야 할 사람들이에요"라고 답했다.

윌리암은 신학교를 졸업하고 사제 서품을 받은 뒤 몇 교구를 섬겼다. 하지만 곧 자기의 역할에 대해 주임 사제들과 다르게 이해하고 있다는 것을 알게 됐다. 그리고 얼마 있지 않아 직위를 잃게 됐다. 오랫동안 다른 직책을 찾지 못했고 결국 그는 미국 성공회 교회의 태도를 강력히 비판하는 말을 했다. 마침내 그는 지금 섬기고 있는 교구로 오게 됐다.

같은 시기에 비극들이 꼬리를 물고 일어났다. 윌리엄의 막내아들이 교통사고로 숨졌다. 그 다음 아내가 다른 남자를 만나 집을 나갔고 이혼까지 하게 됐다. 알콜 중독이었던 둘째 아들은 서른세 살에 비참히 쓰러져 죽었다. 물론 만족할 만한 일도 있었다. 정말 그랬다. 큰 아들이 변호사로 성공했고, 딸은 박사 학위를 받고 이름난 노트르담 대학에서 가르치게 됐다. 윌리엄은 자신의 교구 사람들 사이에서 따뜻한 가족애를 느꼈다. 그러나 그의 인생은 쉽지가 않았다.

내가 평화를 찾았냐고? 그런 것 같다. 난 아이들에 대한 의무를 다 했다. 그리고 교구 사람들을 돌보고 있고 하나님이 원하는 동안은 이 일을 계속 하려고 한다.

그러나 한 가지 더 할 일이 있다. 죽는 일이다. 그때까지는 물론 계획들을 세우며 살겠지만 매일 하루를 마지막 날처럼 살려고 한다.

내가 태어나면서부터 하나님의 손 안에 있어왔다는 증거는 그렇게 많지 않다. 아들들이 죽었고, 아내는 결혼 약속을 저버렸고, 나는 인내심을 잃었다. 세상은 완전하지 않기 때문에 이런 일이 생겼다. 이십일 년 전에 난 교회에서 쫓겨났고, 막내아들이 죽었고, 심장 마비에서 회복된 아내는 떠났다. 난 고작 일주일에 열 시간만 일할 수 있었다. 한 친구는 욥하고 똑같은 심정일거라고 했다. 하지만 나는 "난 종기가 난 적이 없어. 지금도 여전히 종기로 고생하지는 않잖아"라고 말했다.

오늘 나는 은퇴한 의사를 방문했다. 금요일마다 그를 찾아간다. 그는 죽어가고 있다. 그는 딸 셋을 암으로 잃었다. 아내도 몇 년 전에 암 수술을 받았다. 일요일마다 난 영성체를 그에게 가져간다. 우리 교구에는 특별한 은혜를 받아 무거운 짐을 져야 하는 사람들이 많다. 거의 모든 사람들이 한 번 이상은 시련에 초대를 받은 적이 있다. 한 젊은 엄마는 몸의 40퍼센트가 넘는 곳에 3도 화상을 입었다. 사고 후 남편은 떠났고 혼자서 어린 세 아이를 키우고 있다. 그녀는 아주 잘 해내고 있다. 하나님은 내게 그런 사람들을 만나게 하고 내 삶을 함께 나눌 수 있게 했다. 그것은 내게는 큰 보상이다. 나는 그 모든 것에 고마워한다. 내게 평화를 주기 때문이다.

차고 넘치는 삶에 매달리지 말라

삶의 목적은 주류의 편에 서는 것이 아니라, 지금 내가 제정신이
아닌 사람들 사이에 있다는 것을 깨닫고 그곳에서 탈출하는 것이
다. 마르쿠스 아우렐리우스

사람들이 평화를 찾는 길은 저마다 모두
달라 보인다. 그렇지만 가만히 보면 거기에는 모두를 하나로
꿰는 실 같은 것이 있다. 정도는 다르겠지만 모든 사람은 전
일성(全一性, Wholeness)을 향해 여행을 하고 있다. 어떤 사
람들은 정신의 평화를 찾는다고 말하고, 또 어떤 사람들은 마
음의 평화를, 동료의식을, 공동체를, 내면의 평온함, 지구적
조화를 찾는다고 한다. 이 모든 탐색들이 겉으로는 드러나지
않지만 모두 삶이 분열되어 있다는 자각과 이를 극복하고 싶
은 열망에서 시작된 것들이다.

삶은 분열로 가득 차 있다. 가정과 직장, 사생활과 공공영

역, 직업과 여가 활동, 정치, 그리고 인격 사이의 분열 …… 그것 자체가 잘못된 것은 아니다. 문제는 이 분열된 현실이 모순과 충돌을 자아낼 때 시작된다. 모순과 타협할 수 있고 그 다음에는 위선과도 타협하게 된다.

내 친구 찰스 헤드랜드는 삶의 분열 때문에 평화를 찾아 나섰다고 했다. 영국 크로이던에 있는 대기업의 회계사였던 그는 회사 친구들도 많았지만, 대외 활동을 하면서 만나는 친구들이 따로 있었으며, 또한 교회에서 만나는 사람들과 가족도 있었다. 그런데 문제는 이렇듯 서로 분리된 영역들을 이어주질 못했다. 찰스는 하루하루 이 분리된 헌신의 균형을 잡으려고 애를 썼다.

미국 예수회 신부인 다니엘 베리건은 1960년대 메릴랜드 주 케이턴즈빌의 징병 위원회 사무소를 여덟 명의 사람들과 (거기에는 그의 동생 필립도 있었다) 함께 급습해 전국 신문의 머릿기사를 장식한 적이 있다. 그들은 징병 문서들을 손에 잡히는 대로 모두 끌어다가 거리에 쏟아 부었다. 그런다음 신문과 방송국 기자들 앞에서 베트남 전쟁 반대하며 집에서 만든 네이팜을 문서들에 붓고 불을 붙였다. 베리건은 전쟁이란 근본적으로 옳지 못하다는 생각과 수많은 신부, 목사들의 타협적이며 위선적인 '분열된 양심'이 그런 극적인 행동을 불렀다고 말한다. 그들은 평화시에는 십계명의 '살인하지 말라'는 계명을 열성적으로 설교했지만 전쟁 때에는 적진의 표적뿐만 아니라 죄없는 주민들에게까지 네이팜탄을 떨어뜨리는 폭격기들을 자진해서 축복한다고 했다.

베트남 전쟁은 끝이 났다. 베리건은 타협하지 않는 평화에 대한 헌신 때문에 적도 만들었지만 수많은 친구들과 동조자들도 얻었다. 그런데 모순은 여전했다. 전쟁 반대자들은 낙태를 찬성했고, 군국주의자들은 낙태에 반대했고, 낙태 반대 운동가들은 사형제를 찬성했다. 그는 "모든 사람들은 특정한 악만 없애면 세상은 더 나아질 거라고 믿는다"고 말한다. "그들은 폭탄을 옹호하면서 동시에 아이들까지 보호할 수 있는 건 아니라는 사실을 잊어버렸다."

케니스 L. 코헨 역시 비슷한 말을 했다. 그는 최근에 쓴 글에서 나치의 소름끼치는 두 얼굴을 다시 보여줬다. 다정한 남편이었으며 아버지였던 그들은 '아침에는 유대인에게 총을 겨누고, 오후에는 모차르트 음악을 들었다.' 이 예는 극단적이기는 하지만 모순의 갈등을 해결하지 않은 채로 달려갈 때 생길 수 있는 종말, 평화뿐만 아니라 생명까지 위협하는 종말이 무엇인지 잘 보여준다.

전 대학 전임강사였던 찰스 무어는 인생의 전일성을 애타게 찾으려고 했지만 잘 되지 않았다. 결국 그는 개인의 탐색에서 자신이 중심이 되는 동안은 만족스러운 답을 찾지 못한다는 결론을 내렸다.

십 년 전의 내 삶을 되돌아보면 나는 서서히 진행되는 붕괴 속에서 천천히 죽어가고 있었다. 내 젊음의 폭발적인 에너지는 빠르게 소진되고 있었다. 앞뒤를 가리지 않는 생활 때문이 아니라 모든 것들을 다 붙잡으려고 하는 집요한 시도 때문이었다. 그것은 스스로 내린 선택의 몰락이었다. 나는 열심히 시도하고, 착한 척하고, 필요성을 찾고 옳은 일을 하려고 집중했다. 세상에는 참여해야 할 좋은 대의들이 아주 많았고, 정복해야 할 지식도, 만나야 할 사람도, 가꿔야 할 관계들도 아주 많았다. 또한 지켜야 할 의무와 탐색해야 할 기회들도 아주 많았다. 나는 모든 것을 원했다 그리고 원하는 것들을 모두 가졌다. 그러나 존재의 일관성은 하나도 없었다. 나는 안과 밖에서 모두 분열되어 있었다.
왜 그런 일이 벌어졌는지 이제는 그때보다 쉽게 볼 수 있다. 난 그저 차서 넘치는 삶에 매달려 있는 여러 실 가닥들을 한데 잇지 못하고 있었던 거다. 제각기 따로따로 있는 실 가닥들은 전체의 의미 속으로 들어갈 수 없었다.

교수라는 직업을 가지고 있었고 대학원생들을 가르쳤다. 모두 내게 시간과 헌신을 요구하는 일들이었다. '머리 속'에서만 하나였지 실제로는 따로 떨어진 세계였다. 또 대학생들과의 직업적인 관계도 관리해야 했다. 학문적 관심들을 공유하는 것 말고 우리가 함께 갖고 있는 것들은 별로 없었다.

삶의 요구들은 많아졌지만 내 힘은 그걸 따라가지 못했다. 게다가 난 다른 생각들과 관심들을 갖고 있었다. 나의 개인적인 삶은 서로 절대 잘 교차할 것 같아 보이지 않는 여러 차원들 ― 아내 레슬리, 나의 친구들과 아내의 친구들, 내 가족들과 아내의 가족들 ― 로 이뤄져 있었다. 때때로 그것들은 서로 겹쳐지기도 했지만 진정으로 하나가 되지는 않았다.

온 힘을 다 기울여 봤지만 그것들을 '한 데로 모으기'에는 실패했다. 어느 한 가지도 그냥 내버려두지 못하고 모든 것들을 다 통제하려는 노력에 오히려 압도당하면서도 잘 작동될 것 같은 메커니즘을 애써서 만들어냈다. 서로 신뢰하고 상담하는 가까운 친구들이 있었다. 아내와 함께 여가활동, 오락 등을 통해 '풀려날' 기회들을 만들었다. 대학원 연구 일정을 조정하고 강의 부담도 줄였다. 시간을 잡아먹는 일들을 줄일 수 있는 이런 저런 일들은 다 해봤다. 그러나 그런 줄임, 조정, 그리고 개선으로 별 재미를 보지 못했다. 난 좋은 의도를 갖고 있었고, 헌신적이었다. 그러나 미친 사람 같았고, 지쳤고, 그리고 내 삶은 앞뒤가 맞지 않았다.

지금 되돌아보면 내 삶은 역설적이게도 꽉 찬 것 같으면서도 뭔가 부족했다. 원했던 것들은 거의 다 갖고 있었다. 의미 있는 직업, 지적인 열정, 이타적인 출구들, 다정한 친구들, 물질적인 성공 그리고 원할 때면 언제든지 일정을 조절할 수 있는 자유. 그러나 나는 평화롭지 못했다. 내 삶의 경계는 넓었고, 모든 가능성을 열어두었다.

되돌아보면 난 큰 속임수를 쓰고 있었다. '이건 너의 인생이다. 네가 원하는 대로 해라.' 겉으로는 다른 사람을 섬기는 것처럼 하면서 사실은 내 삶을 세상의 중심에 두었다. 자기를 돌보지 않고 살아보려고 했지만 난 내가 원하고 바라는 것들을 축으로 회전하는 중산층 라이프스타일의 광기라는 함정에 깊이 빠져있었다. 난 그저 이런 종류의 삶은 진짜도 진실도 아니라는 것을 깨닫지 못했을 뿐이다.

조각난 삶을 주워 담으려고 해봤지만 아무 소용이 없었다. 그러나 개인적인 성취와 독립을 좇는 일을 그만뒀을 때 삶의 일관성이라는 것을 느끼기 시작했다. 그때 선택을 해야 한다는 것을 알게 됐다. 복잡한 필요들과 내가 선택한 관계들 사이에서 타협하는 삶을 계속 살거나, 아니면 공동체(자기가 아니라)와 상호 섬김(개인적 성취가 아니라)이 전제된 새로운 기초에서 모든 것들을 새로 시작해야만 했다.

'개인의 평화'라는 질문이 완전히 없어지지는 않을 거다. 그러나 더 이상 가슴 속의 의도와 행동들의 불화는 없다. 내 삶의 내적이고 외적인 차원은 서로 일치한다. 그리고 애써 의도하지 않아도 깊은 평화의 의식에 의해 하나가 된다. 신비로운 것은 이 평화가 내가 싸웠기 때문에 내 삶에 찾아온 것이 아니라는 점이다. 내 눈이 열려서 과거의 자기 성취의 신화를 제대로 보게 됐고, 더 풍요로운 삶의 실제 모습을 볼 수 있게 됐기 때문이다.

마크와 폴린은 벨파스트에서 결혼하기 훨씬 전부터 이미 전일성과 평화를 위한 탐색을 시작했다. 노동자 가정에서 태어난 마크는 열 살 때까지 버밍햄 외곽의 광산촌에서 자랐다. 집들이 다닥다닥 붙어있는 그곳 삶은 거칠었지만 그곳에는 공동체적 기운이 널리 퍼져 있었다. 그 뒤 마크의 가족은 큰 산업 도시의 공공 임대 주택 단지로 이사를 갔지만 그의 유년 시절의 행복은 쇠락해갔다. 그가 열다섯 살일 때 부모가 이혼을 했다. 상처와 배신감을 느낀 마크는 다른 사람을 신뢰하지 못하게 됐다. 마크는 학교에 가지 않고 어머니와 함께 지냈지만 갈등은 커져갔고 열일곱 살 되던 해에 집을 떠났다.

어디로 가야 할지 몰랐던 마크는 일과 삶의 목적을 찾는다는 희망을 갖고 런던으로 향했다.

난 언제나 실재 존재하는 진짜를 찾고 있었다. 여러 종교들과 단체들 그리고 운동들을 경험해봤지만 발견한 것은 지독한 위선뿐이었다. 그래서 진실하지 않는 것과 타협하지 않기로 굳게 결심했다. '진실을 위한 탐색', 그것이 나를 움직였다. 나는 그때 진실이란 이기적이지 않은 것이라는 정의를 내렸던 것 같다. 어떤 것에 이기적인 목적이 보이면 그것은 진실처럼 보이지 않았다. 그때는 잘 몰랐지만 나 자신은 극단적으로 이기적이었다.

십년 동안의 쉴 새 없는 탐색, 공장 생활과 런던에서의 노숙, 오랜 시간의 고독, 약물 과다 복용, 수감 생활, 티벳의 불교 사원과 인도의 아쉬람으로의 육로 여행을 거쳐 마크는 북아일랜드로 향했다.

벨파스트에서는 친구한테서 폴린을 소개받았다. 폴린은 얼스터 전문학교에서 공부를 하고 있었다. 두 사람은 아주 다른 배경을 가지고 있었다. 폴린은 영국에서 태어났고 네 살

되던 해에 부모와 함께 북 아일랜드로 이사를 왔다. 큰 회사의 경영부서에서 일하던 아버지가 그쪽으로 발령이 났기 때문이다. 그녀는 그때를 이렇게 기억한다.

나는 여러모로 보호 받는 어린 시절을 보냈다. 부유했던 영국 가족이었던 우리는 벨파스트에서 십 마일 떨어진 괜찮은 곳에서 살았다. 나는 개신교가 운영하는 학교에 다녔는데 학교에서는 아일랜드 역사를 가르치지 않았다. 그렇다고 해서 우리 가족이 북 아일랜드의 개신교 문화에 완전히 속한 것은 아니었다. 우리 가족은 교회를 가지 않았다. 아버지는 가톨릭교에 호감을 갖고 있었는데 아버지가 일하는 회사의 공장에서는 2등 시민 취급을 받았다.

난 문제가 시작된 그때를 지금도 기억한다. 우리는 갑자기 벨파스트에 가지 못하게 됐고 곳곳에서 영국 군인들이 보이기 시작했다. 십대가 되고 나서 벨파스트에 있는 사람들을 알게 되었을 때 그들의 삶이 얼마나 심하게 파괴됐는지 알았다. 정말 무슨 일이 있었는지 알게 되기까지는 여러 해가 걸렸다. 나와 같은 배경을 갖고 있는 사람들은 그곳에 가서 보지 않는 이상 무슨 일이 있었는지 알 수 없었기 때문이다.

특권적인 양육에 반기를 든 폴린은 열일곱 살에 북 아일랜드를 떠나 일 년 동안 영국 북쪽의 한 미술 학교에서 공부를 한 다음 집으로 돌아와 얼스터 전문학교에서 공부를 시작했다.

한 가지 분명한 것은 내가 전통적인 삶을 − 좋은 집, 좋은 차, 좋은 직장 등등 − 원하지 않았다는 거다. 그것은 내 동료들이 가던 길이고 그들이 원하는 것이었다. 난 거기에서 벗어나고 싶어졌다.

나중에 폴린은 영국으로 돌아가 포츠머스에서 공부를 계속했다.

미술 학교에서 하는 일이란 자기표현을 하는 것뿐이었다. 학생 지도는 하나도 없었다. 우리는 그냥 들어가서 해뜰 때부터 해질녘까지 우리 자신을 표현해야만 했다! 그때는 펑크락의 전성기였는데 사람들은 아주 폭력적인 느낌들을 표현했다. 우리 젊은 사람들의 마음 깊은 곳에는 사람과 진실을 향한 굶주림이 있었지만 절망감이 너무나도 우세했기 때문에 종종 어둡고 자기 파괴적인 방법으로 표현됐다. 굉장히 파괴적인 기운이 우세했다. 우리 학생들은 불법 건축물을 점유하고 살았는데 아무렇게나 뒹굴러 자는 아이들도 있었고 마약을 하는 아이들도 있었다. 텅 빈 느낌, 당신은 그것과 공존할 수 없다. 당신을 파괴하기 때문이다.

모든 도덕적 가치들을 내던져 버린 나는 아무 것도 붙잡을 것이 없었고 나를 포함해 많은 사람들에게 아주 깊은 상처를 줬다. 난 내 인생이 조각나고 있다는 것을 알았고 그래서 무언가 의미 있는 것을 찾기 시작했다. 포츠머스에 있는 교회 몇 곳을 가보기도 했다. 예배에는 참석하지 않았고 그냥 혼자 가서 시간을 보냈다. 그렇게 하니까 친구 하나가 떠나갔다. 일 년 뒤 나는 거의 무너지기 직전까지 가서 북 아일랜드로 돌아왔다. 더 우호적이고, 더 따뜻한 환경으로 돌아오는 것이 기뻤다. 나는 소년원을 나온 청소년들을 위한 유스호스텔에서 요리사 일을 하기 시작했다. 마크는 이미 거기서 일하고 있었다. 인생의 탐색은 우리를 가깝게 했다. 보자마자 첫눈에 반하고 뭐 그런 것은 아니었다. 우리는 함께 무언가를 찾는 길을 계속 갈 거라는 것을 알았고 누구도 '자 됐어. 이제 충분히 했어'라고 말하지 않을 거라는 것을 알았다.

폴린과 마크는 결혼해서 도심을 떠났다. 물려받은 돈이 조금 있었는데 그것을 가지고 도니걸에 작은 집을 샀다. 외딴 곳의 고요는 성찰의 기회를 주었고 두 사람은 한동안 주변의 아름다운 자연을 즐겼다. 그러나 멀지 않아 지독한 외로움이 엄습해왔다. 딸이 태어나자 그들은 영국으로 다시 돌아와 탐색을 계속했다. 마크가 말했다.

우리는 교회 몇 곳과 종교 단체들을 찾아가 봤다. 나는 성경을 많이 읽지는 않았지만 어떤 구절은 예수의 삶에 무언가 진짜 참된 것이 있다는 느낌을 주었다. 그것이 내 인생에 어떻게 적용될 수 있을지 몰랐다. 그런데 내가 갔던 교회에서는 그런 진정한 모습을 보지 못했다. 사람들의 비위만 맞추는 곳 같았다.

우리는 한 동안 런던 근처에 살면서 한 교회에 다녔다. 그러나 진지한 믿음을 갖고 다니는 사람들이라고 믿었던 그곳에도 역시 불행과 불화가 있었다. 사람들은 서로에게 원한을 갖고 있었고 뒤에서 서로를 험담했다. 우리는 그것을 받아들일 수 없었다.

폴린과 마크는 브리스톨로 옮겨가서 아는 사람들과 그 지역에서 가장 좋지 않다는 세인트 폴 한 가운데에 집 두 채를 가까이 구해 살았다. 창녀들이 골목에 서 있었고, 대낮에도 대담하게 마약이 거래됐고, 살인 사건도 잦았다. 그곳에서 그들은 공동체적 분위기를 만들려고 노력했다. 마크는 "우리는 일종의 펑크 기독교인들이었는데 함께 살고 함께 나누는 것은 쉽지가 않았다. 그러나 우리가 찾고 있던 진실의 삶에 한 걸음 가까워졌다고 느꼈다"고 말한다.

이 모임이 해산되던 그해 마크와 폴린은 길을 계속 가기로 결심했다. "우리는 그때까지 알고 있던 것들과는 근본적으로 다른 것을 찾고 있었다"고 마크는 회상한다. "우리에게 이것은 분명했다. 만약 개인으로서 전체를 느끼고 싶다면 함께 살아야만 했다."

그들의 여행과 탐색은 결국 보상을 받았다. 그들은 사람들이 함께 진정하고 솔직한 관계를 건설하고 서로에 대한 험담을 없애기 위해 노력하는 공동체를 발견했다. 마크는 "그곳은 사람들이 좋은 일이든 나쁜 일이든 함께 하고 일이 잘 되지 않을 때도 서로 돕는 곳이었다. 그곳에서 다른 사람을 신뢰하는 법을 다시 한 번 배우게 됐다"고 말한다.

그로부터 십사 년이 지난 지금도 그들은 그 공동체에 살고 있다. 그러나 두 사람 중 누구도 자신들이 영속적인 평화의 상태에 '도달'했다고는 말하지 않는다. 우리가 모두 그런 것처럼 그들은 매일 아침 삶의 탐색을 새롭게 시작한다. "과거에 잘못한 일들로부터 방향을 바꾸면 그때부터 전일성과 평화를 발견한다"고 폴린은 말한다.

먼저 우리 두 사람의 이기심이 다른 사람들에게 끼친 피해와 직면하는 것은 고통스러운 일이었다. 그러나 우리가 변해야 한다는 것을 인식하고 우리가 잘못했던 일들을 바로 잡으니까 새로운 자유, 앞으로 계속 갈 수 있는 용기가 생겼다. 우리는 여전히 셀 수 없이 많은 실수를 하고, 서로에게 또는 주위에 있는 사람들에게 상처를 준다. 그러나 언제나 미안하다고 말하고, 일들을 바로 잡고, 그리고 다시 앞으로 나아갈 수 있다. 그러면 우리의 마음이 부드러워지고, 곁에 있는 사람들에 대한 사랑이 강해진다. 그것이 우리를 살아있게 만드는 것이다.

12 평화는 주어지지 않는다

어려움이 당신을 우울하게 하거나 다른 길로 가게 하지 마라. 자신에 대해 너무 걱정하지도 마라. 우리 모두가 마음에 담아 두어야 할 큰 뜻은 우리의 작은 허약함이 파괴할 수 없는 아주 위대한 것이다. 에버하르트 아놀드

완벽하게 평화에 이르거나 단번에 평화를 찾을 길은 없다. 조심스럽고 진지하게 징검다리를 딛고 갈 수는 있겠지만 여전히 우리는 우리다. 그러나 한 번 평화를 경험하게 되면 우리의 가슴은 의심할 여지없이 새로운 차원의 삶이 열린다.

지금까지 이 책에서 자신의 경험을 들려준 사람들은 자신이 찾고 있으며, 함께 나누고 싶은 평화를 '충만한 삶'이라고 말한다. 그들에게 평화를 그 자체만을 위해 찾는다는 것은 너무나도 이기적이다. '자 이제 평화를 찾았다. 다음은 뭐지?' 그들이 찾는 삶에는 눈물과 고통이 있을 것이다. 그러나 그

삶의 충만함은 자유와 기쁨, 동정과 정의를 통해 표현된다.

유럽에 사는 유대인 요제프 벤 - 엘리에저는 그런 삶을 찾기 위해 젊음을 쏟았다.

나의 유년기와 청년 시절 , 특히 2차 세계 대전 때 우리 가족은 독일에서 폴란드로, 폴란드에서 시베리아로, 그리고 다시 이스라엘로 옮겨 다녀야 했다. 그때 목격한 증오와 유혈사태는 나에게 삶을 탐색하는 동기부여가 됐다. 나는 평화란 세상이 필요로 하는 그 무엇에 대한 답이며, 평화는 형제애의 삶을 통해서만 찾을 수 있다고 생각했다. 나는 그런 삶을 찾아 나섰다.

한때 민족해방운동에도 참여해 봤지만 그 안에서도 갈등이 일어났다. 운동이 힘을 얻자 또 다른 사람들을 억압하기 시작했다. 그것을 보고 나는 돌아섰다. 그 뒤에는 혁명에서 답을 찾으려고 했다. 맑스, 레닌 그리고 트로츠키를 공부했다. 파리에서 다양한 좌파 운동에도 참여했다. 하지만 나를 사로잡는 질문들이 끊임없이 일어났다. '만약 혁명이 승리한다면 권력을 잡은 사람들이 러시아나 다른 곳에서 그랬던 것처럼 대중들을 억압하지 않는다는 보장이 어디에 있는가?'

그 후 나는 초대 기독교인들을 다룬 글을 읽기 시작했는데,

완전히 새로운 것이 나를 내리쳤다. 초기 몇 세기에 존재했던 교회들은 진정한 혁명 운동으로서 새로운 질서를 선언하고 그것을 그대로 살아냈다. 그들이 따랐던 예수는 틀에 박힌 기독교의 예수가 아니라 역사적으로 실존했던 하나님의 아들이었고 사람과 사람 사이, 국가와 국가 사이의 분열을 극복한 사람이었다.

나는 어떻게 하면 사람들 사이를 갈라놓는 힘을 극복할 수 있을지, 여러해 동안 탐색을 계속한 끝에 생각이 비슷한 사람 몇을 알게 됐다. 나는 모든 사람들은 서로 일치하고 싶은 열망을 갖고 있다고 믿는다. 그러나 먼저 마음이 바뀔 필요가 있다. 방향을 바꾸고 우리의 삶을 뒤집을 필요가 있다. 나는 그것을 경험했고 지금도 계속 하고 있다.

모든 사람들이 요제프처럼 곁에 있는 사람들과 하나가 되는 경험을 하는 것은 아니다. 많은 이들이 불일치와 불안을 체념하고 받아들인 채로 산다. '원래 그런' 것이라고 말한다. 하루하루 생기는 마음의 혼란과 우리 자신의 우둔함 때문에 코앞에 것 이상을 보지 못한다. 그리고 많은 사람들이 평화를 이기적으로 쟁취하려고 한다.

미국인 수사 토머스 머튼은 평화를 찾기 위해서는 '사랑의 개방성' 안에서 손과 손을 맞잡고 가야 한다고 적었다. 그는 묵상과 사회적 행동 모두가 얼마나 중요한 가치를 갖고 있는지 알고 있었다.

묵상하는 삶은 평화를 탐색하는 삶이다 …… 그것은 메마른 땅에 있지 않고, 세상을 느낄 수 없는 부정적인 곳이 아니라 사랑의 개방성 안에 있다.

나는 의미 없는 삶이 주는 혼란과 반감을 가지고 처음 이 수도원에 왔다. 너무 많은 활동을 했고, 움직임과 쓸 데 없는 말들이 넘쳤고, 피상적이며 필요 없는 자극이 많았다. 내가 누구인지 알 수 없었다. 내가 세상에서 탈출했다고 해서 세상에 남아있는 당신을 비난하는 것은 아니다. 나만이 부정적인 풍조에 빠진 세상과 결별할 권리가 있는 건 아니다. 만약 그렇다면 나의 탈출은 진실 그리고 하나님과 멀어질 것이다. 사적이며, 경건한 척하는 착각 속으로 빠질 것이다 ……

머튼은 1968년에 세상을 떠날 때까지 중앙아메리카에서 새로운 형태의 묵상 공동체를 세우기 위해 기초를 닦고 있었다. 불의에 맞서고 억압받는 사람들을 위해 들고 일어서면서도 헌신적인 사랑에 기초한 그런 공동체를 세우려고 했다.

데이빗 브랜던은 1960년대 영국의 라디오와 텔레비전에서 명성을 떨쳤다. 그는 텔레비전 드라마 〈캐시 컴 홈Cathy Come Home〉으로 유명해졌다. 지금은 캠브리지의 앵글리아 과학기술 대학에서 '커뮤니티 케어 Community care'를 지도하고 있다. 신실한 불교 신자인 그는 매일 따로 시간을 내서 명상을 하거나 그의 표현대로 '앉아 있다.' 곁에서 보면 그가 무슨 역경을 겪었는지 알 수 없다. 그는 어린 시절에 학대를 받았고, 거친 청년 시절을 보냈으며, 자살을 시도한 적도 있다. 그러나 데이빗과 얘기를 나눠보면 그가 지금 즐기고 있으며 다른 사람들에게 전하려고 하는 평화를 보상으로 받았다는 것을 분명하게 알 수 있다.

난 영국 북동쪽, 스코틀랜드와 접경 지역에 있는 선더랜드라는 가난에 찌든 광산 마을에서 자랐다. 아버지는 참을성이 별로 없는 아주 폭력적인 남자였다. 어릴 적 기억이라고는 두들겨 맞는 것뿐이다. 아버지는 종종 우리 형제들을 석탄 창고에 가뒀다. 발로 차고 주먹으로 치거나 낡은 테니스 채나 깡통 같은 걸로 때렸다. 침대에서 자다가 매를 맞은 적도 있었다. 우리 형제들과 어머니에게 그것은 너무나 잔인한 짓이었다. 어머니도 자주 매를 맞았다. 때로는 너무 심하게 맞아서 바닥에

피가 묻고 한 움큼의 머리카락이 널려 있었던 적도 있었다. 기회가 오자 나는 바로 집에서 달아났다. 일주일에 25시간 또는 30시간을 일했다. 그때 나는 열두 살이었다. 나는 아주 일찍부터 어른이 되어야 했다. 런던에서는 길에서 살았다. 종이 더미 위에서 잠을 잤고, 때로는 구세군 합숙소에서 지낸 적도 있었는데 그곳은 종종 거친 폭력이 일어나는 살기 위험한 곳이었다.

데이빗은 공부에서 탈출구를 찾았고 '시험을 통과하는 기계'가 됐다. 학교와 집만을 오가던 그는 대학에서 아내가 될 앨띠아를 만났다. 둘은 졸업 후에 결혼을 했고 데이빗은 노인 사회 복지사로 일하며 장애학을 배웠다. 텔레비전과 라디오 일이 들어왔고 그것 때문에 유명해졌다. 아이 둘이 태어났고 인생은 부족한 것 없이 편해 보였다. 그러나 데이빗은 그때까지도 평화를 느끼지 못했다.

나는 세상이 너무나도 위선적이라는 것을 알게 됐다. 사람들의 말과 행동이 일치하지가 않았다. 난 절망적으로 삶의 의미를 찾고 있었다. 먼저 교회 몇 곳을 가봤다. 내가 무엇을 찾고 있었는지는 정확히 모르지만 교회에서 찾지 못한 것은 확실하다. 난 지독히 외로웠고, 고립되어 있었다.

이십대 후반이 되자 인생의 위기가 찾아왔다. 사회 복지를 공부하기 위해 런던 경제 대학에 들어갔다. 돈이 없어서 집을 팔고 처갓집에 들어가야 했다. 앨띠아와 나는 사이가 그렇게 좋지 않았고 아내는 우울증으로 고생하고 있었다. 동시에 할머니가 죽어가고 있었고, 할아버지가 아팠고, 어머니가 죽어갔고, 아버지는 동맥경화증을 앓고 있었다. 내가 생각할 수 있는 모든 친척은 이렇게 저렇게 무덤에 가까이 있었다.

부담은 내가 감당할 수 없이 무거웠다. 나는 완전히 긴장해서 고갈되고 혼란해져서 자살을 생각하게 됐다. 내 상황이 절망적임을 알았다. 아무런 힘도 남지 않았고 지옥에 있는 것처럼 우울했지만 무언가를 해보기로 결심했다. 그래서 심리치료사 훈련을 받은 뒤에 소호 거리 한 가운데에서 노숙 여성을 위한 쉼터를 열었다.

이 쉼터를 시작하기 위해서 책을 한 권 썼고 선禪 스승에게 달려갔다. 정말 왜 그랬는지 그때는 알지도 못하면서 그녀에게 "여기에 와서 당신과 함께 공부할 수 있을까요?"라고 물었고 스승은 허락을 했다. 그리고 아침 6시 15분에 일어나서 90분 동안 명상을 하기 시작했다. 거의 매일 아침 자살 충동을 느꼈지만 그래도 그냥 일어났다. 내게는 훈련이 필요했고 선은 그것을 제공했다. 꽉 찬 하루 때문에 자살할 시간이 없었다. 그러나 내 문제는 해결되지 않았다.

아버지가 세상을 떠난 뒤에 폭력에 관한 텔레비전 프로그램을 만들었다. 프로듀서는 내 인생을 소재로 프로그램을 만들어보라고 설득했다. 내 아버지가 살아 있었다면 절대 하지 못할 일이었다. 정서적으로 치러야 할 대가가 너무 컸고, 프로그램을 시작한 처음 두세 달은 너무나 우울해져서 움직일 수도 없었다.

어떤 이유에서인지 잉글랜드 북서부 지방의 호수 지역에서 가장 높은 헬벨린 산을 오르기로 결심했다. 여러 산을 오른 적이 있었지만 그 산은 처음이었고 왜 2월의 그날에 그 산을 오르고 싶었는지 알 수 없었다. 하지만 길을 떠났다.

폭이 3피트도 안 되는 산등성이인 스트라이딩 에지까지 가자 심한 현기증이 느껴졌다 …… 눈보라가 심하게 쳤고 눈은 무릎 위까지 올라왔다. 앞이 보이지 않았고 양쪽에는 천 피트의 낭떠러지가 있었다. 정신을 차려보니까 나는 덤불을 붙잡고 매달려 있었는데 발밑에는 공기 말고는 아무것도 없었다. 내 안의 목소리가 말했다. '데이빗 넌 자살을 하러 이곳에 왔어. 그거야. 덤불을 놓고 미끄러져 내려 그러면 이제 더는 다른 사람들을 괴롭히지 않게 될 거야.' 동시에 다른 목소리가 들려

왔다. '어떻게 여기까지 온 거야. 이건 말도 안돼. 어서 여기를 빠져나가자고!'

다행히 덤불의 뿌리는 단단해서 나는 다시 길 위로 올라올 수 있었다 …… 땅에 얼굴을 묻고 엎드렸다. 얼마만큼 왔는지, 얼마를 더 가야 하는지 몰랐다. 그런데 뭔가 큰 느낌이 내 안에서 올라왔다. 난 절망적으로 살고 싶어졌다. 난 살고 싶었다!

그것이 전환점이었다. 난 지금도 때때로 우울해지지만 그날 이후로 활기를 되찾았고 살아가기로 마음을 굳게 먹었다.

선을 통해서 난 전에는 몰랐던 방법으로 내가 세상의 일부라는 것을 깨달았다. 시간이 걸렸지만 천천히 나는 자연을 주목하게 됐고 내게 끊임없는 기쁨을 주는 원천을 발견하게 됐다. 내가 세상의 일부이고, 세상이 나의 일부이며, 그 행성에 사람들이 있다는 것을 깨닫는 것은 일종의 큰 발견이다. 그리고 이것은 내가 다른 사람들에게 어떤 책임을 지고 있음을 알게 해 줬다. 내가 이미 어린 시절, 노숙자 시절 때 경험한 것들 때문에 다른 가족들이 겪는 폭력을 이해하고 그들이 똑같은 경험을 하지 않게 돕는 일은 그렇게 어렵지 않았다.

나 자신을 샤먼 같은 인물로 상상해 보는 것이다. 그리고 나 자신을 상처받은 치유자로 생각한다. 그러면 내 절망, 어려움, 투쟁을 다른 사람에게 다가가는 수단으로 사용할 수 있다. 고통을 방지한다는 뜻이 아니다. 다른 사람들이 자신들이 겪는 고통의 의미를 배울 수 있도록 돕는 거다.

비유해서 말한다면 보통 사람들이 접근하는 방식은 길에 나가서 사람들이 넘어지지 않도록 바나나 껍질을 줍는 거다. 하지만 나는 아침 일찍 나가서 바나나 껍질들을 더 많이 떨어뜨려 놓는다. 사람들은 말한다. "아니, 왜 그런 짓을 하려는 거요?" 그러면 난 이렇게 대답한다. "가르침은 사람들에게 넘어지지 않는 법을 가르치는 게 아니에요. 사람들이 눈을 잘 사용하도록 가르치는 거지요." 만약 당신이 바나나 껍질을 치워버린다면 당신은 인생에서 바나나 껍질은 없다고 말할 것이다. 하지만 그건 맞지 않다. 인생은 바나나 껍질로 가득 차 있다.

나는 사람들이 자신의 눈으로 발 디딜 곳을 볼 수 있게 가르치려고 한다. 사람들을 존중하고 인생의 가르침을 배울 수 있도록 돕는 것이 나의 책임이다. 바나나 껍질에 미끄러져 넘어지면 무슨 일이 일어났는지 토론하고 그러면 무언가를 배울 수 있다. 삶이 사람들에게 가르치려고 하는데 중간에 끼어드는 것은 지혜로운 일이 아니라고 생각한다. 그러나 우리는 서로를 위한 책임을 갖고 있다.

데이빗의 생각은 우리를 단순한 마음의 평화 문제를 훨씬 뛰어 넘는 곳으로 이끈다. 내면의 평화를 찾아 나선 그의 탐색은 그를 인생에서 소중한 사람들과 마주치게 했고, 평화가 개인적이고 상대적인 측면들로 서로 단단하게 엮여 있음을 가르쳤다. 이것은 이미 오랜 전에 발견한 진리이지만 우리 각자가 찾아야 한다. 다른 사람들의 짐을 덜어주기 위해 일하는 사람들은 대부분 자기가 찾고 있던 평화를 발견하게 된다.

13 섬기는 삶이어야 한다

위대한 목적을 위해 자신을 쓰이게 하는 것은 삶의 진정한 기쁨이
다. 열을 올리고 불쾌한 불평거리로 가득 찬 이기심 덩어리가 되
고, 세상이 자신의 행복을 위해 헌신하지 않을 거라는 불평보다
는 자연의 힘이 되는 것이 진정한 삶의 기쁨을 준다. 내 생명은 다
른 사람들에게 속해 있다. 그리고 내가 살아있는 동안 다른 사람들
을 위해 내가 할 수 있는 모든 일을 다 하는 것은 특권이라고 생각
한다. 조지 버나드쇼

이기심은 사람을 고갈시키는 보편적이
고 근본적인 원인이며 가장 뿌리뽑기 어려운 것일지도 모른
다. 그것은 각각의 개인 안에 있고, 사람들 사이의 관계에 있
고, 크게는 세상 안에 있다. 자만, 불신, 화 또는 분노 같은 문
제들은 아주 솔직한 방식으로 접근할 수 있다. 그런 것들은
보통 원인을 밝혀내고 극복하기 위해서 구체적인 조치를 취
하는 것이 어렵지 않다. 그러나 종종 이기심은 이름 없이, 보
이지 않게, 그러나 아주 강력하게 뿌리를 깊게 내리고 우리
삶의 전체에 영향을 미친다.

때때로 이기심은 간음, 절도 또는 사기 같은 명백한 잘못

을 저지르게 한다. 어떤 때는, 개인적인 행복이나 고결함을 좇는 자기중심적인 태도가 그렇게 '해롭지 않은' 형태를 띠기 때문에 위험성이 잘 드러나지 않기도 한다. 일단 이기심이 어디에서 비롯되었는지 밝혀야 한다. 그런 다음에는 가장 단순하고 보편적인 해독제를 써야 한다. 그것은 다른 사람들을 섬기는 일이다.

16세기 아빌라의 신비주의자인 테레사의 말에 따르면, 섬김이란 서로에게 하나님이 되는 행위이다. "하나님은 손도 없고, 발도 없고, 목소리도 없다. 하지만 우리의 손, 발, 목소리를 갖고 계신다. 그리고 그것들을 통해 일하신다." 모든 사람들이 열심히 일해야 했던 농장의 대가족 안에서 자란 나는 사람들이 섬김에 대해 이런 식으로 얘기하는 것을 들어본 적이 없다. 하지만 되돌아보면 부모님도 섬김에 대해 비슷한 생각을 하셨던 것 같다.

분명히 우리는 섬김이 얼마나 중요한지 배웠다. 나환자 수용소에서 원예일을 할 때도 아버지는 아무 말씀도 하지 않으셨다. 아버지는 다른 사람들을 위해서 보잘 것 없는 일을 기쁘게 하는 것은 영광이라고만 말씀하셨다.

어머니는 언제나 활동적이셨고 나이 많은 이웃이나 아이를 낳은 엄마에게 꽃다발이나 잼 병을 갖다 주셨다. 식사를 거르시며 아픈 사람을 돌보셨고 아침 일찍 일어나 외로운 사람에게 편지를 쓰거나 선물을 하기 위해 뜨개질을 하셨다.

남미의 농촌 병원에서 몇 년 동안 일한 경험이 있고 지금은 은퇴한 의사 루쓰 랜드는 겸손한 섬김이 자신의 인생에 아주 큰 만족을 가져다준다고 말한다.

평화란 꼭 여러 곳을 다닌다고 찾아지는 것은 아니다. 자신을 잊고 눈 앞에 닥친 일을 계속 할 수도 있다. 집에 필요한 일이라면 뭐든지 하고, 배우자를 사랑하면 평화가 찾아온다. 만약 당신이 다른 사람을 위해 무슨 일인가 한다면 그 일은 당신에게 평화를 가져다 줄 것이다.

간디가 들려주는 인도의 이야기 역시 비슷한 진리를 말한다. 우리가 다른 사람에게 하는 보잘 것 없는 친절은 위대한 성취만큼이나 중요하다. 어떤 여자가 고민에 차서 구루에게 와서 말했다.

"스승님, 전 하나님을 섬길 수 없습니다."

구루가 물었다. "그러면 당신이 사랑하는 것이 하나도 없다는 말이오?"

"제 작은 조카가 있지요"

"그 아이를 사랑하는 것이 하나님을 섬기는 일이오"

위대한 섬김이 별로 주목받지 못할 때가 있다. 내가 사는 공동체에서는 나이 많은 공동체 식구들도 하루에 몇 시간씩 일을 한다. 그들은 세탁실에서 빨래를 개고, 공동체 도서관에서 책들을 분류하거나 목공소와 철공소에서 일을 돕는다. 그들이 하는 일이 무엇이든 상관없이 비교할 수 없는 깊은 가치를 지니고 있다. 그 일이 주는 행복과 평화의 느낌, 그리고 빛나는 그들의 눈빛은 우리의 공동생활을 아주 풍요롭게 만든다. 그들의 평화는 감염성이 있어서 공동체 전체에 퍼져나간다.

파킨슨병을 앓고 있는 일리(잉글랜드 동부의 도시-옮긴이) 태생의 조 부시는 한 때 능력 있는 정원사였다. 지금은 활동이 불편해 매일 몇 시간 동안만 책상 앞에 앉아서 긴 번역 작업을 천천히 해나간다. 고통스럽게 자판 하나를 누르고 다시 누른다. 다른 사람 같았으면 절망했을지 모르지만 조는 그러지 않았다. "내가 하는 일은 기쁨 그 자체에요." 그의 아내 오드리도 자신이 할 수 있는 일을 다른 사람을 위해 할 때 똑같은 기쁨과 평화를 누린다.

거의 눈이 멀었고 거의 절름발이나 다름없는 우리가 "고맙지만 괜찮아요. 저도 할 수 있어요"라고 우리를 돌보는 사람들에게 말한다고 해서 우리가 고마워하지 않는 건 아니다. 우리가 할 수 있는 만큼 다른 이들에게 필요한 사람이 될 때 삶은 더 흥미로워진다는 뜻일 뿐이다. 큰 촛불은 초가 일 인치라도 남아 있는 동안은 갑자기 꺼지는 일이 없다. 초는 밀랍이 있었다는 흔적만 보일만큼 조금 남을 때까지 계속 타들어간다. 아직도 할일이 많다. 우리가 더는 아무 쓸모가 없게 됐을 때가 오더라도 시인 밀턴이 시력을 잃고 삶을 마감하기 직전에 쓴 시의 마지막 줄에서 여전히 위안을 찾을 수 있다. "그냥 서서 기다리는 사람들도, 섬기고 있는 거다."

조와 오드리는 자신들이 하는 일이 어떤 목적을 섬기고 있기 때문에 의미가 있다고 말한다. 그렇게 되면 일은 더 이상 일이 아니다. 목적이 없는 일은 의미가 없어지거나, 실업이나 강제 해고가 주는 좌절이나 절망을 만들어낼 수도 있다. 빅토르 프랭클은 그것이 인생의 진실이라고 말한다.

아주 열악한 조건 속에서도 생존하고 삶을 지속하라는 호소는 오직 그 생존이 의미가 있어야만 설득력이 있음을 나는 지금까지 보아왔다. 그 의미는 구체적이어야 하고, 인격적이어

야 하고, 그 한 사람에게 깨달음을 주고 마음의 평화를 가져다
주어야 한다. 왜냐하면 우리는 한 사람 한 사람이 아주 독창적
인 존재임을 잊으면 안 되기 때문이다.

감옥에서 자살만을 생각하던 한 남자와 여자를 만났을 때의
막막한 심정을 지금도 기억한다. 두 사람은 모두 자신의 인생
에서 더는 바랄게 없다고 말했다. 나는 감옥 동료들에게 물었
다. 당신들은 삶에서 진정 무엇을 바라고 있는가? 사실은 삶
이 우리에게 무엇인가를 바라는 것이 아니었던가? 나는 그들
에게 인생이 오히려 우리들에게 무언가를 기대하고 있다고
말했다. 사실 여자에게는 해외에서 기다리고 있는 아이가 있
었고, 남자에게는 마무리해야 할 몇 권의 책이 있었다.

난 남자에게 삶에서 무엇을 기대해야 할지 물어보지 말고 삶
이 자신에게 무엇을 기대하고 있는지 알아야 한다고 말했다.
이렇게 말할 수도 있겠다. "결국 사람은 '내 삶의 의미가 무
엇인가?'라고 물어만 볼 것이 아니라 자신도 같은 질문을 받
고 있다는 사실을 알아야 하다." 삶은 사람들에게 문제를 던
져줄 뿐 그 질문에 대한 책임있는 답은 삶이 아니라 사람들의
몫이다. 사람은 오직 자신의 삶에 답함으로써 삶의 질문에 답
을 할 수 있다.

이렇게 보면 인생은 우리에게 훌륭한 목적을 제공한다. 그 목적을 모두 실현하는 길은 섬기는 삶이다. 나는 죽어가는 사람들 곁을 많이 지켜봤는데 어떤 사람들은 분명히 평화 속에서 그리고 어떤 사람들은 고통 속에서 죽어간다. 차이는 사람들이 삶을 어떻게 사용하는가에 있는 것 같다. 섬기는 삶을 살았는가, 아니면 이기적인 삶을 살았는가?

이기적인 삶이란 때때로 이런저런 희생을 하면서도 끊임없이 포기해야 할 것이 무엇인지 따지는 것이다. 우리는 결국 모든 사물과 일들이 우리에게 어떤 영향을 주는지만 보게 된다. 그렇게 되면 평화는 미비하다. 다른 사람을 섬기면 이런 어려움이 생기지 않는다. 왜냐하면 섬김은 우리가 무엇을 위해 살아야 하는지 기억하게 해 주고 우리 자신을 잊도록 도와주기 때문이다. 섬김은 또한 우리가 세상의 다른 존재들과 맺고 있는 큰 관계를 새롭게 볼 수 있도록 도와준다.

진정한 섬김이란 언제나 다른 사람에게 사랑을 보여주는 행동이다. 그런데 이러한 행동은 섬김이 일상생활의 핵심인 우리 같은 종교 공동체에서도 쉽게 잊혀진다. 일이 목적이 돼버리면 심오한 목적과 평화를 주는 사랑의 눈을 잃고 섬김은 점점 생각 없이 행하는 기계적인 심부름으로 변한다. 사랑은 모든 세속적인 일에도 의미를 줄 수 있다. 의미 없이는 아주 고귀한 임무도 고역이 된다.

    얼마 전 나는 프랑스에 있는 불교 공동체 플럼 빌리지를 방문한 적이 있다. 매년 수백 명의 사람들이 플럼 빌리지를 찾는다. 어떤 사람들은 조용한 명상을 위해서 온다. 어떤 사람들은 공동체를 이끄는 베트남 출신인 온화한 목소리의 틱 낫한 스님(그는 1960년대 평화 운동의 지도자로 잘 알려져 있다)이 이끄는 묵상에 참여한다. 말할 필요 없이 공동체에 사는 가족들, 미혼자들, 그리고 스님들은 늘 바쁘다. 그러나 나는 그들이 일을 섬기는 모습에 감동을 받았다.

    플럼 빌리지에는 언제나 할 일이 많다. 새로운 건물을 짓고, 오래된 건물을 새로 꾸미고, 큰 과수원 몇 곳을 관리한다. 그러나 일을 위한 일은 눈살을 찌푸리게 만든다. 플럼 빌리지 사람들은 하루 일과 동안 무엇을 꼭 성취해야 한다고 강조하는 서구식 생각보다는 '지금 이 순간을 살아가는' 이상을 가꾼다. 그들은 상황, 행동 그리고 다른 사람과 만남을 '좀더 온전하게 살아있는' 기회로 삼으려고 노력한다. 공동체 식구인 칼 리델은 내게 이렇게 설명했다.

    깨어있는 정신으로 일하는 기술은 효율을 강조하는 생각 전체를 새로운 눈으로 볼 수 있도록 도와준다. 또한 목표에 집착하고, 모든 것들이 '정해진 대로' 되어야 한다는 고집스런 태도에 의문을 갖도록 도와준다. 그것은 해야 할 일의 좋거나 나쁜 이미지를 스스로 다시 볼 수 있도록 돕는다. 그리고 우리가 하는 모든 일-온실에서 일하거나, 장작을 패거나, 화장실을 청소하거나, 글을 쓰거나, 빨래를 널거나-속에서 기쁨을 발견하거나 다시 찾고 그리고 모든 일에 영감을 받을 수 있도록 돕는다. 우리는 너무나 자주 생각없이 바쁘게만 일하기 때문에 조화와 행복을 산산조각낸다.

플럼 빌리지의 노래책에 나오는 다음의 구절은 이런 태도를 더 분명히 보여주고, 섬김에 대해 공동체가 제일 중요하게 여기는 게 무엇인지 알려준다.

나는 아침에 한 사람에게 기쁨을 주겠습니다.
그리고 오후에는 한 사람의 슬픔을 덜어주겠습니다.
단순하게 그리고 분별하며 살겠습니다,
작은 소유에도 만족하겠습니다.
내 몸을 건강하게 유지하겠습니다.
모든 걱정과 근심들을 떨쳐버리겠습니다,

그래서 가벼워지고 자유로워지도록.

14 우리들의 적을 위해 기도하라

기도는 세상이 꿈꾸는 것보다 더 많은 것들을 이루어낸다.

알프레드, 로드 테니슨

우리가 무엇을 하든 평화가 너무 멀리 보일 때가 있다. 아무리 단순함과 고요함을 원해도, 우리 안팎의 걱정에서 자유로워지려고 해도 여전히 공허하다. 이렇게 모든 의지할 곳이 멀어지고 나면 기도가 마지막 보루처럼 보인다. 기도는 '삶을 통제' 할 수 없는 우리의 무능을 인정하는 것이고, 더 강한 힘에게 도움을 청하는 것이다.

'기도하는가?' 라고 물으면 어깨를 움츠리며 질문을 피하려는 사람들이 종종 있다. '무슨 소용이 있느냐?'는 것이다. 하지만 어떤 사람들은 기도를 통해서 하나님과 연결되고 공허한 마음이 채워진다고 말한다. 그들에게 기도는 마지막 의

지처가 아니다. 그것은 영속적인 생명줄이다.

유대인 철학자인 마틴 부버는 기도를 할 때는 언제나 절벽에 아슬아슬하게 매달려서, 아주 격렬하고 사나운 폭풍 때문에 몇 초 후면 떨어진다는 상상을 하면서 울부짖어야 한다고 말한다.

부버는 "사실 눈과 마음을 열어서 하나님에게 외치지 않고는 아무런 충고도, 아무런 피난처도, 아무런 평화도 얻을 수 없다. 언제나 기도해야 한다. 인류가 세상에서 가장 큰 위험에 처해 있기 때문이다"라고 말한다.

극적인 부버의 이런 상상은 결코 과장된 것이 아니다. 대중 매체의 영향력이 큰 우리 문화에서는 유명인의 스캔들이나 재난 뉴스들, 예를 들어 1997년 9월 다이애나 왕세자비의 죽음 같은 뉴스들은 사람들의 일상을 멈추게 할 수 있다. 이렇듯 개인이 대중의 주목을 받은 적은 오래되지 않았지만, 니체는 이미 백 년 전에 옛 속담 '집단은 저속한 것을 만든다'에 등장하는 현상을 깊이 꿰뚫어봤다. 그는 또한 대중적인 가치가 너무 강력해서 아주 건강한 양심이나 의지까지도 죽일 수 있는 우리 사회의 위험성을 경고했다.

개성의 힘을 잃어버리고 심리학자들이 말하는 '집단 본능'에 굴복하기는 너무나 쉽다. 우리는 다른 사람들에 대한 두려움, 야심, 욕망이라는 미끼에 잘 넘어간다. 주변 사람들의 끊임없는 왕래와 그들이 내뱉는 의견들은 우리 내면의 삶을 수렁에 빠뜨려 끝내 익사시키고 만다. 니체의 말을 빌리면 우리의 삶은 그저 '온갖 종류의 집단적 영향들과 사회적 요구들을 끊임없이 조절하는 일'로 이루어져 있다.

그렇지만 이건 사실 큰 문제는 아니다. 이런 외부적인 영향과 압력은 쉽게 물리칠 수 있다. 기도는 그런 맹습을 방어하는, 가슴 속의 잔잔한 불꽃을 보호하는 가장 좋은 갑옷이다. 기도는 또한 생명을 주고 생명에 확신을 주는 훈련이다. 그래서 우리가 길을 잃었을 때 하나님에게 돌아갈 수 있는 분별력을 준다. 기도는 우리가 평화의 원천에 집중할 수 있게 도와준다. 말콤 머거리지는 이렇게 말한다.

안으로는 인생의 혼란이 있고, 바깥으로는 아주 어두운 절망이 있더라도 언제나 그곳에서 빠져나와 하나님을 기다리는 것은 가능하다. 허리케인 한 가운데 고요가 있고, 구름 위에 맑은 하늘이 있는 것처럼 하나님과의 만남을 위해 우리 인간 의지의 정글 한 곳을 치우는 것 역시 가능하다. 하나님은 언제나, 어떤 모양이든, 어떤 환경이든, 우리가 알 수 없는 어떤 곳이든 모든 곳에 나타날 수 있다. 그는 막막한 사막에 떠다니는 영광스러운 구름으로 나타날 수 있고, 지저분한 런던의 소호 거리나 뉴욕의 타임 스퀘어에서 거지의 모습으로도 나타날 수도 있다.

기도가 형식적일 필요는 없다. 아내와 나에게 기도는 자연스럽게 하루를 시작하고 마무리하는 방법이다. 우리는 아침에 일어나서 기도하고 저녁에 잠자기 전에 기도한다. 어떤 사람들은 그보다 자주, 어떤 사람들은 그보다 덜 기도할 것이다. 어떤 사람들은 무릎을 꿇고 하고 어떤 사람들은 기도 책을 사용한다. 어떤 사람들은 소리를 내고, 어떤 사람들은 소리없이 한다. 기도가 진심이고, 텅 빈 의식이 아니라면 기도하는 방법은 문제가 되지 않는다. 중요한 것은 기도를 위해 여백을 만들어 놓는 것이다.

성경은 사람들에게 '쉬지 말고 기도하라'고 권한다. 어떤 사람에게 이런 생각은 부담이 될 수 있다. 어떻게 사람이 하루 종일 기도할 수 있는가? '쉬지 말고'라는 말뜻이 무엇인가? 어떤 사람들에게 이런 생각은 아주 단순할 뿐만 아니라 잠을 깨우는 신선한 것이다. 내 오래된 친구인 제임스는 이렇게 설명한다.

나는 아주 오래 전부터 기도를 해왔지만 기도가 반복적인 행동이 아니라 변함없는 태도이며 삶의 방식이라는 것을 이해하고 나서야 쉬지 말고 기도하라는 말의 뜻을 알게 됐다. 그것은 삶의 자세이다.

얼마전 기도에 대해 어떤 사람이 내게 이렇게 말했다. "아침이나 잠자기 전, 하나님에게 무언가를 말하고 싶을 때 기도를 했다. 이제 나는 기도가 하루 종일 하는 대화임을 안다. 공항 안을 걸으면서도 쇼핑센터의 통로를 걸으면서도 기도를 한다."

19세기의 시인 제라드 맨리 홉킨스는 우리가 살아가면서 가장 하찮게 생각하는 일들도 기도의 한 형태로 볼 수 있다고 말했다. 모든 것은 우리가 어떻게 하느냐에 달려 있다.

기도만이 하나님에게 영광을 드리는 것이 아니다. 일 또한 그렇다. 모루를 내리치고, 나무에 톱질을 하고, 벽에 하얀 페인트칠을 하고, 말을 몰고, 쓸고, 윤을 내는 모든 일들을 하면서 그의 은혜 안에 머문다면 그것은 하나님에게 영광을 돌리는 일이다 …… 팔을 올려 기도하는 사람도 하나님에게 영광을 드리지만 갈퀴를 든 남자와 구정물통을 든 여자도 그에게 영광을 드린다. 하나님은 너무나 위대한 분이기 때문에 무엇이든 진정한 마음으로 한다면 그에게 영광을 드릴 수 있게 된다.

우리는 모두 다른 방법으로 기도를 한다. 그리고 우리의 환경이 변하면, 예를 들어 병이 들거나, 나이가 들거나, 위기를 겪게 되면 우리의 기도도 변할 것이다.

미국 청년 더그는 기도의 의미를 찾지 못했었다. 그는 자신이 속해 있던 주류 교회의 위선에 화가 났다. 그리고 젊은 시절 만났던 기독교인들과 자신이 다른 생각을 갖고 있다는 것을, 특히 병역 문제에 대해 다른 생각을 갖고 있다는 것을 알게 됐다. 더그가 북 캐롤라이나 대학에 다닐 때 일본이 진주만을 습격했다. 그때 대학 친구들과 교수들은 더그의 병역 거부를 칭찬했다. 그들은 다른 사람의 생명을 빼앗는 것은 도덕적으로 잘못됐다는 더그의 강한 확신에 동의하지는 않았지만 자신의 믿음을 지키는 태도에는 감탄했다. 하지만 그가 다니는 교회의 사람들은 다른 생각을 갖고 있었다. 그들에게 그런 행동은 반역이었고, 단순히 겁 때문에 한 일이었다. 더그에게 병역 기피를 죄목으로 중형을 선고하려고 했던 판사는 그가 다니던 교회의 교인이었다.

나는 고향인 켄터키 렉싱턴의 감옥에 수감되었다. 그곳은 이가 득실거리고 음식은 끔직하고 샤워기는 고장이 나고 옷 지급도 형편없는 낡은 곳이었다. 다행히 어머니가 비누와 갈아입을 속옷을 가지고 오셨다. 그것은 내가 처음 겪는 아주 가혹한 수감 생활이었다. 하지만 거기서 포로수용소로 이송 직전에 있던 한 독일인의 이야기를 듣고 오히려 마음에 힘을 얻었다. 그의 이웃은 그를 간첩 혐의로 고발했다.

나는 권태와 더러움, 그리고 이름이 아니라 숫자로 불려지는 고통을 견뎌내면서 이 고통 받는 동거인에게 관심을 갖게 됐다. 그리고 다른 사람을 위해 사는 삶의 기쁨이 나를 깨우기 시작했다. 그러자 토머스 켈리가 '지금 영원한' 삶을 산다고 말한 것이 무엇을 의미했는지 알게 됐다. 동료 죄수들은 모두 석방되는 날까지 쉬지 않고 '며칠 남았다'는 얘기를 했다. 그것은 영원히 미래만을 사는 거다. 나는 오늘을 살기 시작했다. 석방을 위해서도 아니고, 다음 식사 시간이나 영화를 보는 시간, 아니면 잠 잘 시간을 기다리는 것이 아니었다. 그러자 감옥 안에서도 평화를 발견할 수 있었다.

그것은 더그에게 닥칠 많은 삶의 투쟁의 시작을 알리는 사건일 뿐이었다. 그러나 더그는 서서히 기도에서 희망과 의미를 발견하게 된다.

늘 말이 필요한 것은 아니다. 하루를 살면서 조용히 하나님을 향하는 것, 위를 잠깐 쳐다보는 것, 잠시 아프거나 고통 받는 사람들을 생각하는 것도 기도가 될 수 있다. 일상의 다양한 생각과 물음을 생각하는 것이 될 수도 있다. 내 잘못을 보고, 사람들에게 주었던 상처를 볼 수 있게 빛을 비추어달라는 부탁도 기도가 될 수 있다. 기도는 다른 사람의 필요를 나의 필요 위에 놓겠다는 결심을 굳게 하도록 도와준다. 이 모든 것들 안에 평화가 있다.

스위스의 신학자 칼 바르트는 기도하기 위해 손깍지를 끼는 것은 세상의 혼란에 대항한 봉기의 시작이라고 말한 적이 있다. 이것이 사실이라면, 나는 그렇게 믿는다, 우리의 기도는 삶에서 동떨어져서 존재해서는 안 된다. 그리고 우리의 기도는 욕구나 계획 이상의 것들을 포함해야 한다. 만약 우리가 진짜 흠이 없고 세상에 영향을 주는 기도를 원한다면 우리의 기도는 단순히 개인적인 행복을 위한 이기적인 간청을 넘어서야 한다. 우리에게 행동을 자극하지 않는 기도는 순전히 위선이다.

더그는 기도에 다른 사람들을 포함시키는 것이 왜 중요한지 알았다. 구약성서에서 박해 받은 교회와 순교자들의 역사를 읽어보면 우리는 이와 같거나 더 급진적인 생각들을 발견할 수 있다. 그것은 바로 험담, 중상모략, 배신, 육체적 폭력이나 다른 것들을 통해 우리를 박해하고 우리에게 상처를 준 적들을 위해 기도하는 것이다.

워싱턴에서 발행되는 잡지《소저너즈Sojourners》의 편집자이며 유명한 작가인 짐 월리스는 이렇게 적었다.

적들을 위해서 기도하지 않으면 우리는 계속 우리만의 관점, 우리만의 정의만을 보게 되고 그들의 관점을 무시하게 된다. 기도는 우리와 그들 사이의 구별을 없애버린다. 다른 사람에게 폭력을 가하면 그들을 적으로 만들게 된다. 그러나 기도는 적을 친구로 만든다.

나는 1991년 미국이 이라크를 대규모로 공격하기 시작한 걸프전 때 일을 기억한다. 부시 대통령은 텔레비전 연설을 통해 모든 하던 일을 멈추고 걸프전에 참전한 '우리의 아들들'

을 위해 기도해 달라고 호소했다. 그는 "하나님이 미합중국을 축복하시기를!"이라며 뜨겁게 연설을 마쳤다.

대부분의 미국인들은 아마도 하던 일을 멈추고 별 생각없이 자신들의 애국적 의무를 수행했을 거다. 그러나 틱 낫 한이 지적한 대로 같은 시간에 같은 수의 이라크 무슬림들은 알라에게 절하며 그들의 남편과 아들을 위해 기도했을 거다. 그렇다면 하나님은 어떤 나라를 돕기로 결정을 해야 했을까?

사람들은 하나님이 자신들이 필요한 것들을 충족시켜 주기를 원하며 기도한다. 만약 그들이 소풍을 가고 싶다면 하나님에게 맑고 해가 비치는 날을 달라고 기도할 것이다. 그러나 비가 필요한 농부들은 반대의 기도를 할 것이다. 만약 날씨가 맑으면 소풍을 가는 사람들은 "하나님은 우리 편이다. 우리의 기도를 들으셨다"라고 말할 것이다. 그러나 비가 오면 농부들은 하나님이 자신들의 기도에 응답했다고 말할 것이다. 이것이 바로 우리가 보통 기도하는 방식이다.

만약 당신이 소풍만을 위해 기도하고 비가 필요한 농부들을 위해 기도하지 않는다면 그것은 예수의 가르침과 반대되는 일을 하는 것이다. 예수는 "적을 사랑하라, 너를 욕하는 사람을 축복하라"고 말했다. 우리의 화를 깊이 들여다보면 우리가 적이라고 부르는 사람 역시 고통받고 있다는 걸 알 수 있다. 그걸 볼 수 있게 되면 우리는 그 사람을 받아들이고 그를 위해 연민을 가질 수 있게 된다. 예수는 이것을 '적을 사랑하는 것'이라고 불렀다. 우리가 적을 사랑할 수 있게 될 때 그들은 더 이상 적이 아니다. '적'이라는 생각은 사라지고 아주 심하게 고통받고 우리의 연민이 필요한 사람이라는 개념이 대신 자리하게 된다. 다른 사람들을 사랑하는 것은 우리가 생각하는 것보다 그렇게 어렵지 않다. 다만 실천이 필요할 뿐이다.

15 평화는 행동하는 것이다

> 적의를 가진 사람들이 선의를 가진 사람들보다 시간을 더 효과적으
> 로 쓰고 있다는 느낌을 계속해서 받는다. 우리는 우리 세대의 증오
> 의 말들과 나쁜 사람들의 행동뿐만이 아니라 좋은 사람들의 지독한
> 침묵에 대해서도 회개해야 한다. 마틴 루터 킹

평화란 '행동하는 것'이다. 평화는 고요
하고 평온하지만 이러한 평화가 자기만족이나 행동하지 않
는 것을 뜻하지는 않는다.

평화는 사람들의 바람에 대한 답으로 주어지는 선물이다.
평화는 파괴적이고 닳고 닳은 의심과 잘못의 종말을 의미한
다. 평화는 조화로움이고 치유이다. 그러나 이 모든 사실에도
불구하고 평화는 여전히 행동과 새롭게 변화된 삶을 요구한
다. 평화는 명상과 기도로 자랄 수도 있지만 거기에서 멈추어
서는 안 된다. 평화는 새로운 의무, 새로운 힘, 그리고 새로운
창조력을 가져온다. 마치 흙 속의 씨앗처럼 보이지 않게 조용

히 싹을 틔우고, 자라고, 꽃을 피워 마침내 열매를 맺는다.

우리 안에 평화의 꽃을 피웠다면 우리는 또다시 그것을 나
누어야 한다. 우리가 받은 평화의 선물을 자신만을 위해 간직
한 채 주변의 소음에 귀를 닫고, 평화를 찾지 못한 사람들의
어려움을 지나치지 말아야 한다.

틱 낫 한은 명상과 연민 둘 다 강조하는 불교의 관점을 얘
기하면서 베트남 전쟁과 그것이 자신에게 가져다준 딜레마
를 회상한다. 그에게 평화의 열매는 묵상이었을까, 아니면
행동이었을까?

수많은 마을이 폭격을 당했다. 사원의 형제자매들과 함께 나
는 무엇을 해야 할지 결정해야 했다. 사원에서 수행을 계속해
야 할까, 아니면 폭격으로 고통 받는 사람들을 돕기 위해서 선
방을 떠나야 하나? 조심스러운 숙고 끝에 우리는 둘 다 하기
로 결정했다. 나가서 사람들을 돕되 깨어있는 정신을 갖고 하
기로 했다…… 견성見性이 있으면 또한 행함이 있어야 한다.
그렇지 않다면 깨닫는 것이 무슨 필요가 있겠는가?

우리가 만약 함께 평화롭기를 원한다면 일정한 책임을 피
하지 말아야 한다. 틱 낫 한과 승려들의 결단처럼 행동해야

한다. 자연이나 자신하고만 조화를 이루고 다른 사람들을 배제하면서 살 수는 없다.

사람이 평화를 찾는 이유는 텅 빈 삶이 아니라 더 깊고 진정 성취한 삶을 찾고 싶은 바람을 갖고 있기 때문이다. 내가 만난 퇴역 군인과 회사 경영자들, 주부들과 목사들, 고등학교 중퇴자들과 교육받은 교수들이 모두 하나같이 말했다. 평화란 폭력, 탐욕, 성적인 난잡함 또는 위선에 대해 그냥 '아니'라고만 말하는 것이 아니다. 평화는 이 모든 것들을 대신할 무언가에 '예'라고 말하는 것이다.

나는 이 책의 앞부분에서 자기가 일하던 실험실이 탄약 실험과 관련있음을 알고 직장을 그만 둔 존 윈터에 대해 말한 적이 있다. 그는 이렇게 말했다.

나는 폭력을 거부하고 평화를 찾기 시작했지만 곧 평화란 단지 전쟁이 없는 상태만이 아니라는 것을 알게 됐다. 군대에 갈 수 없다고 말만하는 것이 피곤해졌다. 내가 할 수 있는 일은 무엇일까? 단순한 전쟁의 종말이 아니라 그것을 실질적으로 대신할 것을 찾고 있었다. 다른 길에 나 자신을 헌신하고 싶었다. 맞서 싸울 것이 아니라 무엇을 위해 살 것인지 찾고 있었다.

무엇을 위해 사는지도 모르면서 맞서 싸우는 일은 분명 힘들다. 도전적인 상황에 직면했을 때 완전히 무기력한 느낌이 우리의 대응 능력을 꺾어 버릴 것이다. 그리고 우리는 절망적으로 외칠 것이다. '내가 뭘 할 수 있지?'

1992년 사라예보가 공격을 받았을 때 첼로 연주자 베드란 스마일로비치 역시 그렇게 외쳤지만 그 외침은 그저 무력한 체념이 아니었다. 베드란은 확신에 가득 차서 자신을 둘러싼 잔인하고 피투성이인 현실에 자신만의 독특한 방법으로 반응했다.

사라예보의 우리 집 가까이에는 빵집이 하나 있었다. 1992년 5월 27일, 사람들은 빵 집 앞에서 빵을 싣고 올 트럭을 기다리며 길게 줄을 서고 있었다. 사람들은 오래 기다렸는데도 인내심을 갖고, 품위를 지키며 기다렸다. 그러나 비극은 그게 끝이 아니었다. 굶주리고 궁핍한 것만으로는 충분하지 않다는 듯이 빵 대신 끔찍한 폭탄이 터졌다. 결백하고, 인내심 많고, 굶주린 스물두 명의 사람들이 악마의 손에 이끌려 몇 발자국 앞에서 터진 폭탄에 목숨을 잃었다.

먼저 무거운 침묵과 충격이 흘렀다. 그 다음에는 혼돈이 일어났다. 사람들은 울부짖고, 절규하고, 소리치고, 고함치고, 피를 흘렸다. 부상을 입은 사람들이 뒤엉켜서 피를 흘리며 죽어 갔다. 어떤 사람들은 공포와 공황 상태로 달아났다. 어떤 사람들은 대학살 속에 뛰어들어 다친 사람들을 도우려고 했다. 첫 번째 차가 도착했다. 구조대원들은 말 그대로 시체들 위로 달려들어 부상당한 사람들을 차에, 심지어는 짐칸에도 태우려고 했다. 두 번째 차가 도착했고 또 다른 차가 왔다. 구조대원 한 명이 저격수의 총에 맞는 일도 벌어졌다. 우선 심하게 부상당한 사람들이, 그 다음에는 약간 부상당한 사람들이, 마지막에는 죽은 사람들이 실려 갔다.

그날 밤 나는 잠을 이룰 수 없었다. 가만히 앉아서 생명을 생각해봤다. 왜 이 죄 없는 사람들, 좋은 동료 시민이자 옆집의 이웃들이, 내가 어린 시절을 함께 보낸 사람들이 그렇게 끔찍한 방법으로 생을 마감해야 하는지 이해할 수 없었다. 다만 전쟁 기간 동안 우리 동네에서 생명은 무의미한 취급을 받았다는 사실만 알 수 있었다. 슬픔에 가득 차 새벽녘에 잠이 들었던 나는 새로운 폭발 소리에 잠을 깼다. 아이들을 후송하고 대피소로 담요를 나르던 이웃들이 총에 맞았다. 나도 대피소에 갔다가 공격이 멈춘 다음에 집으로 돌아왔다. 그리고 별 생각 없이 얼굴과 손을 씻고, 면도를 한 다음, 하얀 셔츠와 검은 정장에 하얀 넥타이를 매고 첼로를 들고 집을 나섰다.

새롭게 만들어진 폐허를 지나가 학살의 장소에 도착했다. 그곳은 꽃과 평화의 메시지로 장식되어 있었다. 희생자들의 이름이 적힌 벽보들이 붙어 있었고 탁자 위에는 사람들이 부르던 애도의 미사곡집이 놓여 있었다. 나는 첼로 가방을 열고 무슨 곡을 연주할지 모른 채 앉았다. 슬픔과 비탄에 잠겨서 활을 들어 즉흥적으로 음악을 연주했다. 이웃들의 비참한 운명을 생각하면서 비슷하거나 더 심한 일이 언제든지 다시 생길 수 있다는 것을 생각했다. 연주를 하다가 눈물이 흘렀고 음악이 마치 눈물처럼 쏟아져 내렸다. 그것은 알비노니의 아다지오…… 내가 알던 음악 중에 가장, 가장 슬픈 것이었다.

지나가던 사람들이 걸음을 멈췄고 나와 함께 울었다. 그들은 꽃을 놓고, 기도를 하고, 촛불을 켰다. 내가 연주를 끝냈을 때 박수 소리는 없었다. 나는 천천히 일어나 일분 정도 조용히 서 있다가 첼로를 가방에 넣었다. 사람들이 내 주위에 모여들었고 우리는 얘기를 나눴다. 그 후 친구들이 근처의 카페에서 내 평화를 위한 음악 기도를 다시 연주해달라고 부탁했다. 그들은 내 연주가 필요했다. 그 음악은 그들과 나의 상처를 치유했다. 이십이 일 동안 하루, 하루 빵을 기다리다 학살당한 사람들에게 나의 연주를 바치기로 결심했을 때, 나는 그것이 더는 개인적인 문제가 아니었다는 것을 이해하게 됐다.

평화를 주창하는 베드란의 음악은 이렇게 시작됐고 이 음악으로 그는 보스니아의 시민 저항에 영감을 주어서 국내뿐만이 아니라 국제적인 명성을 얻게 됐다. 오늘날 세계의 사람들은 전쟁에 반대한 그의 용감한 행동에 찬사를 보낸다. 그의 행동은 다른 사람들의 시, 노래, 이야기, 그리고 음악에 영감을 주었다. 여전히 베드란은 자신이 '다른 사람과 같은 보통 사람'이라고 말한다. 하지만 그는 남다른 가정에서 자라난 것이 비폭력적인 사회적 행동을 준비하고 가능하게 하는 데 도움을 주었다는 것을 인정한다.

그의 아버지 아드보 스마일로비치는 교육가였고 유고슬라비아에서 인정받던 현대 음악의 작곡가였다. 베드란에 따르면 어머니 무니란은 '음악가는 아니었지만 음악가들을 기른 영웅'이었다. 어렸을 때부터 베드란 남매는 가족 앙상블 '사람들을 위한 음악Musica Ad Hominem'의 일원으로 활동했다. 이 앙상블은 '좋은 음악과 문화는 부자와 특권층의 전유물이 아니라 가난하고 교육받지 못한 사람들의 것이기도 하다'라는 원칙을 진심으로 갖고 있던 아버지 아드보 스마일로비치에 의해 만들어졌다. 베드란의 가족은 특별히 만든 프로그램들을 가지고 멀리 있는 마을들과 농촌 공동체는 물론이고 고급스런 장소까지 여러 곳을 다니면서 일년에 백팔십 번의 콘서트를 열었다. 베드란은 아버지로부터 음악적인 재능과 함께 불의를 감지하는 강한 감수성 그리고 깊은 인본주의적 헌신을 물려받았다. 젊었을 때부터 그는 자주 어려운 사람들을 돕기 위한 행사들을 후원하거나 조직했다.

사라예보가 몰락하는 과정에서 베드란에게 가장 비극적이었던 사건은 웅장했던 국립대학 도서관이 폭격을 당한 일이었다. 공습 이틀 후 그는 불에 타서 폐허가 된 건물에 조의를 표하러 갔다. 거기에서 그는 아주 특별한 방법으로 아버지에 대한 존경심을 표현했다.

폐허가 된 국립 도서관은 아직도 뜨겁고 위험했다. 그러나 분위기는 아주 색달랐다! 강하고 힘이 있었다. 사원처럼 신성했고 동시에 아주 슬프고 영광스러웠다. 불타 버린 책들의 저자들이 조용히 세상을 향해 경고하고 있는 것 같았다. 나는 첼로와 사랑하는 내 아버지의 초상을 들고 갔다. 그 초상은 유명한 화가인 도브리보예 벨라카스키가 그렸는데 그 초상화는 이제는 불에 완전히 파괴되었지만 미술품이 가득 찼던 삼층 스튜디오와 갤러리에 있던 작품들과 비슷했다. 사람들을 존중했던 아버지의 영혼 또한 그곳에 있었다. 내 안에, 내 음악 속에 그리고 도브리보예의 그림 속에 …… 그리고 죽거나 살아남은 모든 화가들의 정신도 거기에 있었다. 아무도 그 영혼을, 예술과 창조의 정신을 파괴할 수 없었다. 내 몸짓은 그것을 상징했다.

연주를 마치고 나서 아버지의 초상을 집으로 가져왔다. 그리고 다시 학살의 현장으로 돌아가 알비노니를 다시 연주했다.

베드란은 사라예보를 떠나게 된 1993년 12월까지 평화를 위한 음악 연주를 계속했다. 그뒤로 베드란은, 처음에는 첼로 없이, 아주 큰 공연장과 작은 공간 등을 다니면서 세계 사람들에게 음악을 배달했다. 그는 아버지의 영감을, '사람들을 위한 음악'의 영감을 영혼 속 깊이 늘 간직하고 다녔다.

베드란은 지금 북 아일랜드에 살고 있고 그곳에서 몇 개의 음반을 녹음했다. 가장 최근 음반은 포크 가수 토미 샌즈와 함께 만든 '사라예보에서 벨파스트까지Sarajevo to Belfast'이다. 문화와 언어의 장벽을 넘나드는 그의 음악은 도전하고, 영감을 주고, 애도하고, 노래한다.

새로운 세기와 새로운 천년에 들어가면서 나는 우리가 진보라는 이름으로 인류에게 끼칠 피해을 우려한다. 나는 우려한다. 그리고 나는 두려워한다. 그러나 나는 음악을 계속 한다.

내가 가장 잘 할 수 있는 것은 여전히 음악뿐이다.

작가 에이미 카마이클은 전투에서 목숨을 내어주는 군인이 병상 위에 있는 군인보다 더 평화롭다고 말한다.

팔레스타인 변호사인 조나단 쿠탑은 자신의 경험을 통해 이 말이 사실임을 말해준다. 내가 중동을 방문했을 때 몇 번 조나단을 만나봤는데 그때마다 그를 존경하게 됐다. 이스라엘 정부의 차별과 학대 때문에 고통 받고 있는 이웃들을 위해 용기를 냈던 그는 아무리 어려운 일이 앞을 가로막아도 포기하지 않는 의지를 갖고 있었다. 그는 조국의 정의를 위한 싸움의 맨 앞에 섰다. 예수가 그랬던 것처럼 조나단은 비폭력의 힘을 믿는다. 그는 비폭력이야말로 수없이 많은 팔레스타인 사람들의 가정과 삶을 파괴하고 유대인 이주자들을 위한 청소를 자행하는 불도저보다도 강한 힘이라고 말한다.

의뢰인들이 내게 와서 집을 지키게 도와달라고 하면 나는 법이 별 도움이 안 될 거라고 말해야만 한다. 왜냐하면 법은 그들의 권리를 보호하도록 쓰여 있지 않기 때문이다. 필요하면 불도저 앞에 비폭력적으로 서 있거나 아니면 그 앞에 드러눕는 것이 더 도움이 된다고 말한다.

내가 이런 충고를 어떤 마을의 사람들에게 했는데 그 후 얼마 안 되서 내게 전화가 왔다. "이주자들하고 군인들하고 불도 저들이 와서 우리를 몰아내려고 해요." 나는 최대한 빨리 차를 몰아서 내게 전화한 사람을 만나러 갔다.

내가 도착했을 때 다른 사람들은 하나도 없었다. (나는 군인들이 먼저 도착해서 시위자들을 모두 연행한 것을 몰랐다.) 그곳에는 막 땅을 파헤치려고 하는 불도저를 한 유대인 이주자가 무장을 한채 지키고 있었다. 나는 그 앞으로 달려가 "멈추시오, 당신은 이렇게 할 권리가 없소. 여긴 내 땅이오"라고 말했다(물론 그 땅은 의뢰인의 땅이었다.) 그러니까 그는 "저리 비켜. 우리는 지시받은 일을 하고 있을 뿐이야!"라고 말했다. 나는 불도저 바로 앞에 가서 섰다. 그리고 나와 함께 있던 남자를 내 뒤에 서게 했다. 그러자 운전기사는 문제를 원하지 않고 운전대에서 물러났다. 이번에는 이주자가 와서 운전석에 올라앉았다. 그는 엔진의 속도를 높였다. 주위를 둘러봤다. 아무도 없었다. 우리는 황야에 서 있었다. CNN도, 신문 기자도, 정말 아무도 없었다. 나는 숨을 깊이 들이쉬고 나 자신에게 말했다. '죽기 좋은 날이다.' 정말 그들이 날 죽일 거라고 생각했다.

남자에게 마을로 뛰어가서 사람들을 데리고 오라고 보냈다.

나는 불도저와 화난 이주자와 함께 홀로 남았다. 하지만 나는 평화를 느꼈다. 아주 고요했고, 아주 평화로웠다.

내 뒤에 아무도 없어서인지 이주자는 불도저를 뒤로 돌려 돌아가려고 했다. 하지만 나는 그 앞을 막아섰다. 그리고 아주 좋은 생각이 떠올랐다. 자기를 쳐다보지도 않는 상대방을 죽일 수는 없을 거라는 생각에 나는 등을 돌리고 손을 모은 채로 꼼짝 않고 서 있었다.

이주자는 그곳에 있는 돌더미를 옮기려고 했다. 나는 돌무더기를 가로 막았다. 아주 이상하고 놀랍게도 평화로운 느낌이었다. 이주자는 엔진을 부릉거리며 내게로 돌진할 것처럼 했지만 곧 멈췄다.

비폭력은 아주 강력하다. 방송이나 신문들도 그것을 뒷받침할 수는 있겠지만 비폭력은 그 자체로 강력한 힘을 가지고 있다. 불도저 안의 이주자는 내가 돌을 집기를 기대했고, 고함치고 욕하기를 기대했다. 만약 내가 그랬다면 그는 몇 초 만에 나를 죽였을 거다. 그러나 나는 고요히 거기에 조용히 서 있었다. '나는 당신이 그 돌무더기를 움직이지 못하게 할 거야.'

삼십분쯤이 지나자 마을로 갔던 남자는 군정 장관과 다른 몇 사람들과 함께 지프를 타고 돌아왔다. 나는 말했다. "보세요, 나는 변호사에요. 이곳은 내 의뢰인의 땅이고 난 당신이 이곳에 들어오도록 허용할 수 없습니다." 그들은 "그건, 법정에서 하면 되잖아 …'라고 말했다. 나는 "좋아요, 법정으로 갑시다. 이곳은 내 땅이오"라고 말했다. 나는 양보하지 않았고 군정 장관은 이주자와 얘기해서 불도저를 치우게 했다.

부자와 권력자들, 억압하는 자들에 의해 현상만 유지되는 거 짓 평화도 있다. 그들에게 평화란 권력과 억압을 유지해서 어떤 물결도, 그들의 통제를 방해하는 어떤 것도 생기지 않게 하는 것이다. 그들의 권위에 도전하는 모든 시도는 평화를 위반하는 것이다. 그러나 참 평화는 '유지'하거나 '간직'하는 것과는 다른 것이다. 평화는 만드는 것이다. 때때로 당신은 강한 자신감을 가져야 한다. 평화를 위해 일할 때는 수동적이어서는 안 된다. 아주 단단한 내면의 안정, 내면의 평화가 필요하다. 그리고 당신이 옳은 일을 하고 있다는 것을 확신해야 한다. 그렇게 하면 아주 대립적인 상황에서도 평온을 유지할 수 있다. 그렇지 않으면 당신이 맞서고 있는 악과 똑같아지는 함정에 쉽게 빠질 수 있다.

화, 쓰라림, 증오, 이기심 또는 자기중심적 태도를 한 번 허용해버리고 나면 그때부터는 선을 넘기가 아주 쉬워진다. 자신을 억압하는 사람이 쓰는 것과 똑같은 도구들과 방법들을 쓰게 되고 그렇게 되면 당신의 행동은 더 나을 것이 없다. 증오와 쓰라림에 굴복했던 어떤 날 내가 지고 그들이 이긴 것을 느낀 적이 있다. 나는 졌다. 사소한 싸움이나 전투에서 이긴 것은 아무 소용이 없다. 왜냐하면 내가 그들을 이김으로써 내가 더 폭력적이고 공격적이어야 한다는 것을, 그들의 길이 옳다는 것을 보여줬기 때문이다.

그렇게 여러 번 위험 앞에 서본 적은 없다. 그러나 그날 불도저 사건은 내게 이상한 경험이었다. 난 깊은 내면의 평화를 느꼈다. 나는 말 그대로 깊게 숨을 쉬고 푸르고 맑은 하늘을 바라본 다음에 '죽기 좋은 날이다'라고 말했다. 그리고 나는 인생에서 처음으로 진짜 평화의 힘을 느꼈다.

사람들은 언제나 평화를 이야기한다. 모두 평화를 원한다. 반대하는 사람은 하나도 없다. 그러나 우리 중에 얼마나 많은 사람들이 조나단이 그랬던 것처럼 평화를 위해 위험을 감수할 준비가 되어 있는가? 이런 행동하는 소명은 저마다 독특한 형태를 띨 수 있다. 어떤 사람에게 그것은 행동이 될 수 있고, 어떤 사람에게는 공동체, 어떤 사람에게는 완전히 다른 소명이 될 수 있다. 그것은 자신이 일하는 곳에서 그저 화해의 목소리를 내는 것을 의미하거나, 가정에서 더 용서하고 사랑하려고 노력하는 것을 의미할 수 있다.

　대단한 행동은 알려지지 않은 보통의 행동보다 더 고결해 보일지 모르지만 우리 주변에 당장 필요한 일들에서 우리의 주의를 빼앗을 수 있다. 그렇게 되면 도움이 필요한 사람들을 차갑게 대할 수도 있다. 프랑스의 작가 쟝 바니에는 이렇게 경고한다.

　때때로 우리 공동체 안에 있는 사람들의 울부짖음을 듣는 것보다 멀리 있는 가난하고 억압받는 사람들의 울부짖음을 듣는 게 더 쉬울 수도 있다. 매일 우리와 함께 있고 신경을 건드리는 사람에게 마음을 주는 일은 결코 화려한 일이 아니다.

　우리가 어디서 무슨 일을 하던지 진정한 평화는 오직 우리가 그것을 위해 일하고 희생할 준비가 되어 있을 때에만 가능하다. 아무것도 헌신하지 않고 모든 것을 혼란스럽게 만드는 거짓 평화와 달리 진정한 평화는 상쾌한 바람처럼 와서 지나는 모든 곳마다 행동을 불러일으킨다.

16

잃어버린 평화를 찾아가는 열여섯 가지 이야기

혁명을 원한다고 말하라

극단적인 교조주의, 냉정한 교리주의, 아니면 대중들로부터의 고립이라는 병에 걸리지 않기 위해서는 인간애, 정의 그리고 진실의 약이 아주 많이 필요하다. 이런 인류에 대한 사랑이 구체적인 행위가 되고, 행동하는 섬김의 본보기가 되고, 움직이는 힘이 되기 위해서 우리는 매일 투쟁해야 한다. 체 게바라

지난 몇 십 년 동안 평화 운동가들의 집회와 행진 속에서 내가 들었던 구호 중에 가장 단순하면서도 강력한 것은 '정의 없이는 평화도 없다'였다. 평화를 얘기하거나 글로 쓰는 것도 중요하지만 평화를 위한 행동은 더욱 더 중요하다.

마찬가지로 사회적 불평등, 억압, 노예 그리고 전쟁이라는 불의가 투쟁, 분열을 동반하는 것처럼 평화는 정의와 손을 잡고 가야 한다. 정의는 불의를 극복하는 곳에서 피어나기 때문이다.

많은 사람들에게 평화란 국가적 안보, 안전, 법 그리고 질

181

서를 의미한다. 이것은 교육, 문화와 시민의 의무, 번영과 보건, 안녕과 평온이라는 가치들과 관련이 있다. 그것은 좋은 삶을 의미한다. 그런데 이러한 가치 위에 기초한 평화를 모든 사람들이 함께 공유할 수 있을까? 만약 '좋은 삶'을 소수의 특권층만이 누리고, 소비한다면 그것은 동시에 수백만 명이 힘겨운 노동과 사무치는 빈곤으로 고통받아야 함을 뜻한다. 이것이 평화인가? 이것이 정의인가?

제 2차 세계 대전이 일어나기 하루 전 독일에 살던 나의 할아버지는 이런 말을 했다.

내가 정말 평화를 원한다면 삶의 모든 곳에서 평화를 대표해야 한다. 말로만 떠드는 평화주의를 더 이상 대변할 수 없다. 그건 진실이 아니다. 지금 바로 이곳에서 전쟁이 벌어지고 있기 때문이다. 나는 자신들의 경쟁자를 꺾어버리는 사업가나 자신의 아내와 평화롭게 사랑하며 살지 못하는 남편들의 평화주의를 믿지 않는다.

천 명의 사람들이 히틀러의 새 정권 아래에서 재판도 없이 사형을 당했다면 그게 이미 전쟁이 아닐까?

수백만 명의 사람들이 강제수용소에서 자유를 빼앗기고 인간의 존엄성을 강탈당했다면 그게 바로 전쟁이 아닐까?

북미와 다른 곳에는 수백만 톤의 밀이 비축되어 있는데 아시아에서는 수백만 명이 굶주리고 있다면 그게 바로 전쟁이 아닐까?

수천 명의 여성들이 돈 때문에 몸을 팔고 인생을 망쳐야 하고 매년 수백만 명의 아이들이 낙태로 희생된다면 그게 바로 전쟁이 아닐까?

어떤 사람은 은행에 큰 돈을 맡기는 동안 다른 사람은 기본적인 생활을 유지하기 위해 힘겹게 돈을 벌고 있다면 그게 바로 전쟁이 아닐까?

무모한 운전자들이 내는 교통사고로 매년 수천 명이 죽어가고 있다면 그게 바로 전쟁이 아닐까?

우리가 살고 있는 이 행성에서 지금 벌어지고 있는 일을 보고 있자면 평화와 정의가 어리석은 유토피아적 생각이라고 취급받아도 별로 놀랍지 않다. 모든 곳에 혼란과 비통이 만연해 있고, 여러 나라들이 갖고 있는 대량 살상 무기들이 인간의 생존을 비웃는 상황에서 누가 평화로울 수 있겠는가? 몇 명의 부자들과 권력자들의 변덕 때문에 지구 위에서 수백 만 명의 사람들이 혼란에 빠져 있는데 어떻게 정의가 있을 수 있겠는가?

무미아 아부 자말은 이런 의문을 갖고 십수 년 동안 전투를 벌여왔다. 급진적인 언론인이며 흑표범단Black Panthers 일원이었던 그는 필라델피아에서 경찰관을 죽인 혐의를 받고 인종주의 편향의 재판에서 사형을 선고받았다. 무미아는 자신을 '평화로운' 사람이라고 분류하는 것에 절대 동의하지 않을 것이다. 그러나 내가 면회실의 두꺼운 유리창을 통해 대화를 해본 그는 사형수였지만 고요함을 발산하는 사람이었다. 그것은 매우 인상적이었다. 그는 진실의 힘을 의심하지 않는 단단한 희망을 갖고, 결국 정의가 이길 거라고 믿는다. 그는 이렇게 썼다.

평화라는 말은 얼마나 흔한지. 그런데 실제 평화는 얼마나 멀리 있는지! 평화에 대해 글을 쓰는 사람들은 이상적인 현실을, 소박한 예측을, 지금 실현되고 있는 일이 아니라 이뤄져야 할 일을 적는다.
왜 '아마may'인가? 왜 '이다what is'는 아닌가? 뭔가 잘못된 게 아닐까? 사람들이 넘쳐나는 도시를 보면서, 사람들이 우글거리는 감옥을 보면서, 구치소와 사형장을 보면서…… 어떻게 입으로 '평화'라는 말을 할 수 있을까? 이것은 창백한 평화, 혼수상태에 놓이고 열병이 난 사람들의 침묵을 경배하는 평화다. 약에 취하고 풀이 죽은 채 정신 병동에 갇힌 영혼들의 평화다. 죽음의 평화다.

흑인을 외계인들로 취급하는 국가의 군사적 공포에 눌린 영혼들의 조용한 반란이 우리 주위에서 일어나고 있다. 억압받는 사람들에게 '평화'를 외치는 사람들은 사실 억압의 동맹자일 뿐이다. 그들은 목이 올가미에 걸리기 직전에 있는 사람들에게 "가만히 있어! 발버둥치지 마! 평화!"라고 충고한다.

대부분의 기독교인들이 말하는 평화는, 2천년 후에, 지구의 벌거벗은 땅 한 뼘 위에서만 발견된다. 바로 공동묘지다. 그곳에는 살아있는 존재가 갖고 있는 생명이 없다. 그런 평화는 권력자들에게는 반창고 같은 것이고 힘없는 사람들에게는 폭력이나 마찬가지다. 진실한 약속인 것처럼 들리지만 사실은 속삭이는 꿈일 뿐이다. 그런 꿈은 말들 때문에 희미해진다. 조지 오웰이 자신의 소설 《1984년》에 쓴 것처럼 '전쟁은 평화다. 자유는 노예다. 무지는 힘이다.'

오늘 하나님의 평화가 어디에 있는가? 우리 대부분은 신기루, 우리의 몰락을 꾀하는 정치인들, 우리가 가진 수단들을 착취하는 상인들, 사람들을 쏴 죽이는 경찰들이 하는 빈말에 의지해 살고 있다. 그 거짓말은 우리를 구속하는 판사들, 우리를 합법적인 노예라고 비난하는 배심원들, 우리의 처형을 축복하는 신부들에 의해 퍼져있다.

무미아의 비판은 많은 사람들에게 불공정하고 거칠게 들릴 것이다. 어떤 사람은 평화의 정신이 곳곳에 있는 위선의 망토 밑에 숨겨져 있지만 아직도 살아있다고 주장할지도 모른다. 난 그렇게 생각하지 않는다. 무미아를 궁지에 몰아 비난하는 사람들도 그를 깎아 내리기보다는 그의 도전에 귀를 기울이고, 그것이 우리로 하여금 행동하도록 두어야 한다.

정의와 함께 가지 못하는 평화는 그저 빈 말일 뿐이다. 유대의 예언자 예레미아가 호소한 것처럼 "그들은 '평화, 평화'라고 말하지만 정작 그곳에는 평화가 없다." 진정으로 평화를 원한다면 그리고 그 평화가 우리뿐만 아니라 다른 사람들까지도 위한 것이라면 사람들 사이에 새로운 관계가 필요하다는 것을 깨닫게 될 것이다.

톰 켈리와 제임스 테이트의 이야기는 평화가 진정으로 사람의 가슴을 건드렸을 때 올 수 있는 변화를 잘 보여준다. 북아일랜드의 벨파스트에서 태어난 두 사람은 모두 자기 나라의 평화와 안전을 소망하며 자랐다. 그들은 몇 분 거리 안에 있는 아주 가까운 곳에서 살았지만 서로 다른 세상에서 자라났다. 톰의 가족은 가톨릭이었고, 제임스의 가족은 개신교였다. 이것만 빼면 그들의 이야기는 놀랄 만큼 똑 같다. 톰이 먼저 말한다.

문제는 1969년 학교를 막 졸업할 때쯤 시작됐다. IRA(Irish Republican Army: 아일랜드 공화국군. 북아일랜드의 가톨릭계 정치 조직. 남북 아일랜드의 무력 통일을 주장. - 옮긴이)의 슬로건들이 벽에 나붙기 시작했다. 무슨 얘기인지 잘 이해할 수 없었다. 부모님은 우리들에게 편향된 신앙을 가르치시지 않았다. 아버지에게 물으니까 그런 일에 연루되지 말라고 당부하셨다. 그건 하나님의 일이 아니라고 말씀하셨다.

문제가 터지고 우리 동네인 터프 라지의 벨파스트에 병적으로 흥분이 고조됐다. 남자들이 소총과 권총을 들고 거리를 뛰어다녔다. 바리케이드를 설치하고 그 뒤에 지뢰를 설치했다. 텔레비전에서는 민족주의자들과 국왕파들 사이의 충돌 영상이 번쩍거렸고 뒤에 영국군과 RUC(Royal Ulster Constabulary: 얼스터 왕립 경찰 - 옮긴이)가 들어오자 긴장은 더 고조됐다. 언론 매체들은 혼란스러운 느낌들을 전했고 그때 나는 처음으로 위협을 느꼈다. 무엇 때문인지도 모르면서 느끼는 막연한 공황이었다.

난 열다섯 살이었다. 내 친구들 몇 명이 IRA의 소년 단원으로 가입했는데 나도 함께 하기로 했다. 나는 무기를 분해하는 법을 배웠고 곧 IRA 급진파에 소속이 됐다. 처음으로 총을 쏘고 폭력을 경험하게 됐다. 총알들이 내 옆을 스쳐가고 내 생명도 위험하다는 것을 알았다.

그들은 나에게 우리가 사회주의 공화국을 위해 싸운다고 가르쳤다. 나는 사회주의, 공산주의 또는 다른 어떤 주의에 대해 아는 것이 하나도 없었다. 그런 것은 똑똑한 친구들만을 위한 것이었다. 나는 그저 내 지역을 지키는 군인이라고 생각했다.

제임스는 한 번도 만난 적이 없는 가톨릭교도들을 극도로 혐오하며 컸다. 그는 "어머니로부터 편향된 신앙을 많이 물려받았다"고 말한다. "어머니는 국왕파의 전통 속에서 자랐는데 우리 지역의 다른 사람들처럼 가톨릭 사람들을 신뢰하지 말라고 배웠다."

나는 노동계급이 사는 벨파스트의 샌디 로우에서 자랐다. 모든 사람들이 스스로를 개신교도라고 불렀지만 교회를 가는 사람들은 많지 않았다. 우리 가족도 당연히 교회를 가지 않았다. 이상한 일이었다. 가톨릭교 사람들을 미워하며 자랐지만 정작 그 사람들을 한 명도 만나지 못했다. 그것은 맹목적인 증오였다. 학교나 청소년 모임에는 가톨릭교도의 아이들이 없었다. 우리는 섞이지 않았다.

십대 초반에 나는 다른 아이들이 모두 그렇게 하는 것처럼 오렌지당(Orange Order: 아일랜드 신교도의 비밀 결사체. 오렌지색 리본이 상징이었음. - 옮긴이)에 가입했다. 사람들이 색깔 있는 모자를 쓰고 밴드와 함께 행진할 때 함께 참여했다. 그리고 1969년, 시민권을 위한 싸움이 시작됐다. 갑자기 폭동이 일어났고 영국군 그리고 경찰과 충돌했다. IRA의 폭탄 투하에 대항에서 우리 국왕파는 준군사 조직들을 만들기 시작했다. 나는 UVF(얼스터 자원 부대)에 가입했다. 일은 아주 간단히 돌아갔다. IRA가 신교도 지역에 폭탄을 터뜨리면 우리는 가톨릭 지역에 폭탄을 터뜨렸다. 일은 그렇게 시작됐다. 결국 나는 집에서 무기 소지죄로 체포됐다. 그날은 부활절 아침이었다. 영국군이 내 집을 수색해서 총 다섯 정을 발견했다.

준군사 조직에 가담한 결과 톰과 제임스는 영국군에게 공동의 적으로 간주되어 수용소의 철조망 안에 갇히게 됐다. 톰은 이 년 반 후에 풀려났다. 수감 기간 동안 영국 군대와 국왕파 준군사 조직을 향한 그의 분노와 증오는 더 심해졌다.

감옥에서 나온 후 그는 바로 IRA로 되돌아갔고 전보다 더 깊이 활동했고 결국에는 또다시 체포당해 십 년 형을 선고 받았다.

한편 오 년 동안 수감 생활 끝에 석방된 제임스는 '이제는 충분히 했다'고 생각했다. 그는 아내에게 돌아갔고 UVF와의 관계를 끊고 '보통' 삶을 살려고 노력했다. 전과 기록이 있어서 쉽지는 않았지만 마침내 그는 교회가 후원하는 직업 프로그램을 통해 일자리를 구했다. 그러다가 어느 날 변화가 생겼다.

나는 프로그램 관리자 중의 한 명인 나이 많은 사람과 함께 수송용 승합차 안에 앉아 있었다. 그런데 그가 자기의 인생 이야기를 들려주기 시작했다. 대단한 이야기였다. 그는 아프가니스탄에서 마약 수송을 하다가 공격을 받아 강도질을 당하고 죽을 위기에 놓여 있었다. 그때 어떤 사람들이 그를 구조해서 아일랜드의 집까지 데려다 주었다. 그 경험을 통해 그는 기독교 신앙을 갖게 됐다. 나는 그 사람이 이 얘기를 할때 그가 가톨릭교도임을 알게 됐다. 그를 구조한 사람들은 가톨릭교도들이었다. 나는 승합차에 앉아서 울기 시작했다. 그리고 내 과거에 대해, 내가 어디에 있었고 무슨 일을 했는지 다 말해 주었다. 눈물이 계속 흘렀다. 왜 그랬는지는 몰랐다.

조금씩 제임스의 편협한 신앙심을 걷어내는 일들이 일어
났다. 그는 용서와 새로운 출발이 필요했다. 그는 하나님이
자신의 마음을 건드려서 다른 사람들을 새로운 눈으로 보게
됐다고 말한다.

한편 톰의 인생 역시 똑같이 근본적인 변화를 겪었다. '철
조망 안에서' 보낸 몇 해 동안 그는 폭력이란 누가 부추겼는
지 상관없이 얼마나 의미 없고 어리석은 짓인지 알 수 있었
다. 그리고 그 역시 하나님에게 자신의 인생을 맡기는 양심의
결정을 내렸다. 그뒤 톰과 제임스가 초교파 모임에서 만났을
때 그들은 오래 전에 헤어진 형제들처럼 서로를 얼싸안았다.
그것은 한때 서로를 죽이려고 애썼던 사람들에게는 낯선 행
동이었다. 요즘 두 사람은 많은 시간을 함께 보낸다. 두 사람
의 집은 여전히 가까이에 있다. 두 사람은 자주 모임들에 초
대를 받아 이야기를 하는데 많은 사람들이 두 사람의 인생 이
야기를 듣고 용기를 받는다. 톰과 제임스에게 조국을 위한 싸
움은 더 이상 충성이나 경계의 문제가 아니다. 사람들의 마음
을 한 데 모으고 서로의 공통점을 발견하는 일이 아주 중요하
게 됐다. 제임스는 이렇게 말한다.

우리 북 아일랜드에 있는 사람들은 처음부터 다시 시작할 필요가 있다. 우리를 갈라놓는 것보다 한 데로 모으는 것들이 더 많다. 두 공동체를 한 데로 모아야 한다. 무지는 불신을 만든다. 어린이들이 함께 자라게 하자. 그러면 아이들은 금방 자신들에게 서로 다른 점이 없다는 것을 알게 될 것이다.

몇 달 전 나는 멕시코의 최남단 치아파스 주에 사무엘 루이즈 가르시아 주교를 만나러 갔었다. 돈 사무엘로 알려진 그는 특히 원주민 농부들이 주로 사는 치아파스 산악 지대의 가난한 마을 사람을 돕는 활동으로 노벨 평화상 후보에 오른 적이 있다.

돈 사무엘은 아주 단순한 방법으로 평화와 정의를 위해 헌신하고 있다. 지난 몇 년 동안 그는 멕시코 사회와 사파티스타스 사이의 중재자로 활동해오고 있다. 사파티스타스는 땅 소유, 의료 서비스같이 많은 사람들이 당연하게 여기는 인간의 기본적 권리를 찾기 위해 결성한 풀뿌리 조직이다. 돈 사무엘의 거침없는 행동은 억압적인 지역 정부의 증오와 괴롭힘을 불러일으켰고, 최근 몇 년 사이에 최소한 두 번 암살을 당할 뻔했다. 1977년 12월 나와 나눈 대화에서 돈 사무엘은 이렇게 말했다.

인류를 위한 평화가 전쟁이나 폭력의 중단만을 의미하는 것은 아니다. 로마인들은 "만약 당신이 평화를 원한다면 싸울 준비를 하라"고 말했다. 그들에게 평화로운 시기는 전쟁을 준비하는 시간이었다. 방법은 다르지만 그것은 내게도 마찬가지다. 우리에게 평화는 새로운 사회 질서를 의미한다. 이것은 사람들 사이의 새로운 형제애의 관계를 요구한다. 그리고 억압적인 사회 경제 구조의 변화를 요구한다.

가난한 사람들의 삶은 인간 사회의 역사가 어떤 것인지를 잘 보여준다. 사회적 충돌 때문에 한 사람이 가난해진다. 시스템은 그를 가난하게 하고 그를 착취한다. 만약 어떤 사회에서 가장 가난한 사람의 상태가 공공선을 위한 잣대가 된다면 그 사회는 할 일을 제대로 하고 있는 것이다. 그러나 그 사회가 가난한 사람을 바닥에 짓누른다면 그 사회는 평화에 맞서는 곳이 된다.

사람들이 겪는 말도 안 되는 여러 형태의 고통들 때문에 그리고 그런 고통을 자아내는 이기심 때문에 돈 사무엘 같은 사람들이 일어나 발언을 하기 시작했다. 그들은 진정으로 영속하는 '평화'란 우리 사회의 불균형을 지적하는 일에서부터 시작된다는 것을 안다. 그러나 그렇게 하는 사람들은 무시를 당한다. 편견과 공포가 사람들이 그들의 메시지에 귀를 막아버리고, 그들을 거부하도록 만든다. 어떤 사람들은 그들을 죽여 침묵하게 만든다. 돈 사무엘은 곧 그의 시간이 끝이 날 수 있다고 생각한다. 그래도 멈추지 않는다. 그는 "평화는 임무"라고 말한다. "그 임무를 우리가 발전시켜야 한다. 이것은 교리의 문제가 아니라 실천의 문제이다."

팔레스타인 운동가인 엘리아스 차코르는 평화에 대한 깊은 통찰을 제공한다.

평화는 수많은 문제와 위험, 그리고 어려운 일들과 연결되어 있다. 아람 말로 아쉬레이ashrei는 '행복'만을 의미하지는 않는다. 이것은 히브리어의 야사르yashar 즉 자신을 '곧게 하다'라는 말과 관련이 있다. 그러므로 만약 당신이 정의에 굶주리고 목말라 하고 있다면 자신을 곧게 하고 당신과 당신 이웃에게 정의를 일깨울 행동을 해야 한다. 진정한 평화도 마찬가지이다. '평화 명상가들이 행복하다'라는 말은 있을 수 없다. 그러나 '평화를 만드는 사람들이 행복하다'는 말은 있다. 다른 말로 하면 일어나서 무언가를 해라. 당신의 손에 흙을 묻혀라.

믿음을 지키자

희망은 어려운 시기에 우리에게 남은 것이다. 아일랜드 격언

1997년의 마지막 날 초칠족Tzotzil 인디언 수백 명이 멕시코의 치아파스 아크테알로 향하는 추모 행렬을 시작했다. 그곳은 바로 9일 전에 대부분 여성과 어린이들인 그들의 동족이 친정부 민병대에게 무참하게 죽임을 당한 곳이다. 이곳은 정치적 탄압으로 사람들이 하나 둘 씩 '실종'되는 고립된 지역이었다. 참가자들은 자신들의 행진이 위험하다는 것을 알고 있었다. 비무장이었기에 위험성은 더 높았다. 그들은 사파티스타 민족해방군의 목적에는 지지했지만 폭력에는 반대했다. 그렇기 때문에 그들은 '협력'과 '배신'이라는 비판을 모두 받았다. 행진은 단순한 도박이 아니었다. 그것은 결단과 희망의 정신

이고, 저항하는 행동이었다.

행렬의 맨 앞에 들려 있는 나무 십자가 위에는 '지금은 추수할 때다, 지금은 건설할 때다'라는 문구가 적혀 있었고 많은 남자들이 벽돌을 들었다. "벽돌은 우리 고통의 무게를 상징한다"고 어떤 사람이 말했다. 또한 그 벽돌들은 희생된 사람들의 묘를 만드는데 쓴다고 했다. 몇 사람들은 다시 피난을 가야 될지 모른다는 것을 알면서도 다시 정착해볼 계획을 세우기도 했다. 그리고 그들은 계속 비폭력의 원칙을 지키면서 금이 간 성모 마리아 상을 '평화의 이름으로' 운반했다.

죽음을 이렇게 고요하게 응시할 수 있는 이 용감한 사람들은 도대체 누구인가? 그들의 평화는 특별한 순교자적 힘 같은 것일까? 아니면 그냥 정신이 이상했던 걸까? 아마 그들은 미국 평화 운동가인 리즈 맥앨리스터와 똑같은 심정을 갖고 있었는지 모른다. 맥앨리스터는 남편이 최근 군 반대 집회에 참석했다는 이유로 투옥된 뒤 다음과 같은 글을 썼다.

인도적이고 정의로운 사회라는 하나님의 비전, 아니 그보다 더한 하나님의 약속에 우리는 생명을 걸 수 있다. 이 약속이 모든 사람들과 지구상의 모든 존재들을 위해 실제로 이뤄지지 않는다면 어느 누구도 만족할 수 없을 것이다. 그러니 당신은 이사야서에 나오는 하나님의 비전에 삶을 걸어야 한다. "사람들이 칼을 쳐서 보습을 만들고, 창을 쳐서 낫을 만들 것이다."(이사야 2:4) 우리는 참아야 한다. 인내하면 하나님의 도움을 받게 될 것이다. 하나님의 비전을 지금 실천하면 당신은 그 비전의 실현에 더도 말고 덜도 말고 그대로 참여를 하게 된다.

평화는 오직 희망과 용기, 비전과 헌신으로 멈추지 않고 추구할 수 있다. 평화는 생명을 주는 힘을 가지고 있다. 평화는 망가진 것을 고치고, 바닥난 것을 보충하고, 얽히고 묶인 것을 풀어준다. 평화는 절망이 있는 곳에 희망을, 불화가 있는 곳에 일치를, 증오가 있는 곳에 사랑을 가져다준다. 평화는 분열이 있는 곳에 조화를, 타협과 속임수가 있는 곳에 일치를 가져다준다. 평화는 존재의 모든 측면들, 영적인 것에서 물질적인 것으로, 물질적인 것에서 영적인 것으로 모두 관통한다. 만약 평화가 이런 변화를 이뤄내지 못한다면 그것은 절대 참 평화가 아니라 그저 공상일 뿐이다.

성 프란체스코는 진정한 평화가 요구하는 것들을 날카롭게 꿰뚫고 있었다. 오늘날 그는 무해한 탁발 수도사, 동물들과 새들과 대화하는 중세의 수의사 둘리틀(휴 로프팅의 동화에 나오는 주인공으로 동물들과 대화를 할 수 있었다-옮긴이)로 더 알려져 있다. 그러나 그는 부드러운 매너를 가진 시인이 아니라 열정적인 영혼을 갖고 있던 사람이었다. 평화를 위한 그의 탐색은 가난한 사람들과 하나가 되기 위해 유산뿐만 아니라 가지고 있던 옷까지도 모두 포기하게 만들었다. 부와 제도적 종교를 엄격하게 비난했던 그의 유언과 유서는 그에게 '안전하게' 성인의 신분을 주기 위해서 압수되어 불태워졌다. 그러나 프란체스카가 했다는 유명한 기도는 그의 깊은 정신을 보여주고 지금도 읽을 때마다 우리 마음에 도전을 한다. 이 시가 너무 함부로 이용되고, 흔하게 되어버린 현실에는 신경 쓰지 말자.

주님, 저를 당신의 평화의 도구로 만드소서!
미움이 있는 곳에 사랑을
상처가 있는 곳에 용서를
의심이 있는 곳에 믿음을
절망이 있는 곳에 희망을
어둠이 있는 곳에 빛을
슬픔이 있는 곳에 기쁨의 씨를 뿌리게 하소서.
오, 신성한 주인이시여
위로 받기보다는 위로를
이해 받기보다는 이해를

사랑 받기보다는 사랑을 하게 하소서.

우리가 주면 받고,

용서하면 용서를 받고,

죽으면 영원한 생명으로 태어나기 때문입니다.

평화는 우주적인 목표이다. 그러나 평화는 조용히, 눈에 보이지 않게 내면에서 시작된다. 평화는 사람들과 사회구조들을 변화시킨다. 평화가 통치하는 곳에는 자아가 참 자아와, 남자가 여자와, 창조물과 인류가 하나님과 일치를 이루게 된다.

이런 일치가 저절로 또는 진공상태에서 이뤄지진 않는다. 우리는 이 책에서 평화로 가는 길은 수동성이나 체념과는 전혀 관계가 없다는 것을 봤다. 평화는 결단력이 없거나, 줏대가 없거나, 자기 생각에만 골똘하거나, 조용한 삶에 만족하는 사람들을 위한 것이 아니다. 진정한 평화는 우리가 다른 사람들에게 정직하게 그리고 우리의 양심에 정직하게 살 것을 요구한다. 따라서 평화를 위한 탐색은 이기적일 수가 없다. 이것은 그저 일을 마무리 짓거나, 무언가를 성취하거나 아니면 아리스토텔레스 말처럼 '우리 인간의 가능성을 현실화 하는 것'만은 아니다. 아니! 평화를 찾는 것이란 우리 자신, 다른 사람들 그리고 궁극적으로는 하나님과의 조화를 찾아가는 길이다.

과장된 것처럼 들릴지 모르지만 사실 이것은 정말 간단하다. 만약 우리에게 평화가 없다면 그것은 서로 사랑하는 힘이 없기 때문이다. 그런 면에서 변명은 있을 수 없다. 나는 사랑할 능력이 부족한 사람이 있다고 믿지 않는다.

그러나 내가 이 책에 소개한 사람들의 이야기를 통해서 배운 가장 중요한 것은 '절대 포기하지 않는다'이다. 무슨 일이 일어나도 낙담하지 않는다. 그것은 수많은 사람들이 아주 힘든 시간 속에서도 지켜온 태도이다.

홀로코스트 생존자 랍비 휴고 그린은 소년 시절 아버지와 아우슈비츠에 수용됐을 때 희망이 얼마나 중요한지 배웠다.

말도 못할 정도로 끔찍한 조건 속에서도 아버지를 포함한 유대인들은 기념일들을 지키려고 했다. 어느 겨울 밤 아버지의 동료 수감자는 그날이 빛의 축제인 봉헌절 첫째 날 밤이라고 알려줬다. 며칠 동안 아버지는 철 조각들을 모아서 촛대 장식을 만들었다. 죄수복에서 실을 빼서 심지를 만들었다. 아버지는 기름 대신 간수한테 버터를 얻어내는 데 성공했다.

그런 기념일은 아주 엄격하게 금지됐지만 우리는 위험을 감수했다. 나는 소중한 열량을 '낭비'하는 것에 반대했다. 버터를 태우지 말고 그걸 빵 조각에 발라 나누는 게 더 좋지 않을까?

아버지는 말씀하셨다. "휴고야, 너하고 나는 사람이 음식 없이도 오래 살 수 있다는 걸 잘 안다. 하지만 사람은 희망 없이는 단 하루도 살 수 없어. 이 기름이 희망의 불꽃을 지필거야. 어느 곳에서도 희망이 절대 꺼지지 않게 해라. 잊지 말아라.'

휴고 그린의 경험은 다른 여러 사람들이 발견했던 진실과 맞닿아 있다. 희망은 우리가 매일 매일 살아갈 수 있게 도움을 준다. 희망은 우리에게 삶의 디딤돌을 딛고 건너라고 자극한다. 희망은 우리에게 사랑할 수 있는 힘과 능력을 주고, 평화로 가는 통로가 되어준다.

도스토예프스키는 《까라마조프의 형제들》에서 이런 희망과 확신에 대해 적었다. 조시마 신부가 어떤 신비로운 낯선 사람과 대화를 하고 있었다. 낯선 사람이 먼저 얘기한다.

"당신이 진정으로 모든 사람들의 형제가 되기 전까지는 형제애의 삶은 절대 이루어지지 않을 거요. 어떤 종류의 과학 교육도, 어떤 종류의 공통 관심사도 사람들이 재산과 특권들을 모든 사람들과 공평하게 나누는 법을 가르치지 못할 겁니다. 모든 사람이 자기의 몫이 너무 작다고 생각할거고, 언제나 시기하고, 불평하고, 그리고 서로를 공격할 겁니다. 형제애의 삶이

언제 이뤄질 건지 물어보세요. 그 날은 올 겁니다. 하지만 우리
는 고립의 시간을 겪어야 합니다."

"고립이라니 무슨 뜻이오?" 나는 물었다.

"왜, 거 우리 시대 곳곳에 만연한 고립말이오. 하지만 그게 아
직 끝에는 도달 하지 못했지요. 아직 그게 한계에 도달하지 않
았다고요. 모든 사람들이 자기의 개인성을 최대한 분리해서 유
지하려고 애쓰기 때문입니다. 모든 사람들이 자신들 삶의 성취
를 최대한 보장받으려고 해요. 그래서 진정한 안전은 고립된
개인들의 노력들이 아니라 사회적 연대를 통해서 얻어진다는
것을 잊어버리고 있습니다. 그러나 이 끔찍한 개인주의는 필연
적으로 끝이 나야 해요. 그래서 모든 사람들이 자신들이 얼마
나 자연스럽지 않게 사람들로부터 분리되어 있었는지 한 번에
알 수 있게요. 그때는 사람들의 정신이 깨어날 거예요. 그래서
자신들이 얼마나 오랫동안 어둠 속에서 빛을 못 보고 앉아 있
었는지를 알고 놀라게 될 겁니다 ······

그러나 그때까지 우리는 깃발을 계속 흔들어야 해요. 때로는
누군가 혼자서 그 일을 해야겠지요. 자기가 하는 일이 미친 짓
처럼 보일지 모르지만 모범을 보여야 하고 고독한 사람들의 영
혼을 불러내야 하고, 형제애의 사랑을 실천할 수 있게 자극해
야 합니다. 그래서 그 위대한 생각이 죽지 않게 말입니다."

고갈된 삶에서 길어올린 평화

오파Opa 크리스토프, 크리스토프 할아버지. 공동체 식구들이 이 책의 지은이를 부를 때 쓰는 말이다. 오파는 독일 말로 할아버지를 뜻하는데, 여러 명의 자녀와 손자를 두고 있으며 공동체의 많은 이들을 돌보고 섬기는 크리스토프에게는 잘 어울리는 호칭 같다. 이런 오파 크리스토프가 내게 이런 말을 했다.

"충연, 중요해지려고 하지마!"

2008년 가을, 우리 가족은 서울 성북동의 작은 공동체 집을 정리하고 영국의 너도밤나무 숲(Beech Grove)으로 돌아왔다. 그리고 그곳에서 형제자매들 그리고 젊은이들과 아이들을 섬기고 돌보라는 부탁을 받았다. 갑작스럽게 한국에서의 생활을 접고 영국으로 옮겨오는 일은 큰 변화였지만 앞에 놓인 새로운 삶은 기대를 주었고 열정의 자극제가 되었다.

그래서 열심히 살았다. 가족들과 젊은이들을 초대해 함께 밥을 먹거나 저녁 시간을 보냈다. 젊은이들의 모임에 찾아가고, 힘든 시간을 겪고 있는 이들과 대화를 나누고, 한국 이야기를 영어로 번역해서 학교에 찾아가 아이들에게 들려주기도 했다. 또 한국 노래를 여러 한국 식구들과 연습해서 공동체 식구들에게 들려 주기도 했다. 고등학생들을 찾아가고, 젊은 부부들과 모임도 열었다. 할 수 있는 일은 끝이 없었고 그런 일을 할 때마다 "뭔가를 이루고 있다"라는 느낌에 위안을 받았다. 그러나 사실은 그러지 않았다. 깊은 평화를 잃은 채, 고갈되어 가고 있었던 거다.

내가 2002년 이 공동체를 처음 찾은 이유는 학생 운동에 이어 춘천에서 지역 사회 운동에 참여하고, 태백의 한 어린이 집을 위해 일도 해보며 '세상을 바꾸기 위해' 열심히 살아봤지만 내면의 갈증을 해결하지 못했기 때문이었다. 그렇게 찾아 온 이곳에서 나는 진정한 기쁨과 평화를 발견했다. 미래의 성공을 위한 경쟁 궤도에서 빠져 나와 단순한 삶을 살며 사람들과 길을 찾고, 함께 일하고 자연 속에 있으면서 기쁨을 발견했다. 그리고 나만의 성공을 위한 계획을 모두 포기하고, 나를 자유롭지 못하게 만든 내 마음의 짐을 한 형제에게 고백하면서 진정한 자유와 평화를 맛보게 됐다.

그러나 2008년 가을, 나는 다시 그 내면의 평화를 잃고 자꾸 밖으로, 밖으로 바빠지기만 했다. "무엇을 해야 한다"라는 자기 최면을 자신에게 걸며 바쁘게 움직였다. 아내에게도 같은 속도로 움직이기를 바라면서 많은 부담을 줬다. 그렇지 않아도 꽉 찬 공동체의 하루를 마무리하면서 함께 조용히 앉아 하루를 돌아보고 대화를 나누거나 아내의 힘든 이야기를 들어주는 대신에 '할일'을 얘기하고 재촉했다. 그러니 우리 사이의 사랑도 고갈될 수밖에. 2006년 여름 미국 산마루 마을에서 한국으로 옮겨갈 때 오파 크리스토프가 우리 부부에게 "아무것도 하지 않으면서, 어떤 일을 하면서 지내길!" 이라고 한 충고를 어느새 잊어버렸던 거다.

내 안의 평화는, 우리 사이의 평화는 그렇게 깨져 주변의 도움이 필요하게 됐다. 그래서 하던 일을 모두 내려 놓고 첫사랑을, 평화를 되찾을 기회가 주어졌다. 나는 공동체의 형제자매를 섬기던 책무를 내려 놓고 아내는 공동체 병원의 간호사 일을 내려 놓고 어린이 가구 작업장에서 함께 일을 했다. 지금은 많은 교회에서 사라진 교회의 권징도 받았다. 첫 사랑을 잃고 잘못된 길로 간 사람을 돕기 위해 교회 공동체에서 침묵의 시간을 주는 게 교회의 권징이다. 우리 부부는 꼭 필요할 때를 빼고는 침묵을 지키며 삶을 돌아보고 기도하라는 부탁을 받았다.

"충연, 자꾸 네 자신을 보려고 하지마."

교회의 권징을 요청하는 우리 부부에게 오파 크리스토프가 한 말이다. '내'가 무슨 일을 하는지, '내'가 무슨 성취를 하는지 매이지 말고 다른 사람의 어려움을 보고 자유롭게 섬기는 삶으로 돌아가라는 분명하지만 사랑 깊은 충고이며 호소였다. 그렇게 침묵의 시간을 거치며 우리 부부는 서로 가까워졌다. 외형적인 일과 목적에서 벗어나 서로 마음으로 만나는 시간을 다시 가졌다. 공동체의 형제자매들과도 가까워졌다. 서로 마음에 걸렸던 일을 솔직히 나누고 서로 용서를 구하고, 용서를 했다. 많은 부부들이 우리가 잘못 갔던 길을 일깨워 주었는데 옛날에는 잘 들리지도 보이지도 않았던 것이 조금씩 들리고 보이기 시작했다. 어떤 사람의 말마따나 예수를 한 팔 거리 밖에 두고 내 마음 속에 들어 오는 걸 막고 저항하고 있었는데, 그걸 허용하니까 마음이 녹아져 버렸다. 고백, 용서, 화해를 하루 하루 경험하면서 몸도 마음도 가벼워졌다.

이 책을 번역하기 위해 다시 읽다가 문득 작년에 겪은 일이 생각이 나서 이렇게 적어봤다. 그 때의 일을 경험하고 나서 우리 부부는 평화를 다시 찾았다. 그리고 부부로서, 공동체의 형제자매로서 완전히 새로운 관계를 시작했다. 우리는 교회 공동체에 받아들여졌고 지난 일은 모두 용서되고 잊혀졌다. 그리고 아내와 나는 조용히 섬기고 작은 사랑을 보이는 일에 기쁨을 느끼게 됐다. 여전히 나 자신을 보려는 유혹이 나도 모르는 사이에 밀고 올라오지만 멈추어 서면, 곧 평화가 다시 찾아온다.

2011년 9월

원충연

바닥난 영혼

잃어버린 평화를 찾아가는 **열여섯 가지 이야기**

요한 크리스토프 아놀드 지음 | 원충연 옮김

초판 1쇄 발행 2011년 11월 5일

펴낸이 김영조
펴낸곳 달팽이출판
등록 2002년 2월 28일 제 22-2112호
주소 경기도 파주시 탄현면 법흥리 유승앙브와즈 2단지 206-205호
전화 02-523-9755 팩스 02-523-9754
이메일 ecohills@hanmail.net

ISBN 978-89-90706-31-7 03840

책값은 뒤표지에 있습니다.